고전소설과 문화콘텐츠

* 이 저서는 2020년도 서울시립대학교 기초·보호학문 및 융복합 분야 R&D 기반조성 사업에 의하여 지원되었음.

고전소설과 문화콘텐츠

서유경

(주)박이정

머리말

　우리의 고전소설이 현대 문화에서 새로운 옷을 입고 문화 콘텐츠라고 범주화될 수 있는 양식으로 등장하는 양상은 고전소설을 좋아하고 연구하는 입장에서 매우 즐겁고 흥미로운 일이다. 고전소설과 문화콘텐츠가 연결되어 문화적으로 흥행이 이루어질 수 있는 이유를 고전소설이 가진 고전으로서의 힘에서 찾을 수 있다. 만들어진 지 오래된 고전소설이 시간이 흘렀음에도 늘 새로운 의미를 찾을 수 있게 해 주기에 고전소설이 고전일 수 있는 것이다.

　그리고 이러한 고전소설이 문화콘텐츠와 관련되면서 예전과 다른 시대와 문화 속에서 새롭게, 흥미롭게 다가온다. 고전소설에 대해 거리감과 어려움을 가졌다 할지라도 문화콘텐츠로 다시 만들어진 혹은 문화콘텐츠 속에 담겨진 고전소설은 현대인에게 쉽고 편안하게 향유되며 새로운 의미를 생각하게 한다. 그래서 고전소설 읽기는 별로 즐기지 않는다 해도 문화콘텐츠로 만들어진 고전소설은 재미있어 할 수 있는 것이다.

이러한 현대 문화적 양상을 보며 '고전소설과 문화콘텐츠'라는 주제로 일련의 생각을 정리하는 계기를 갖게 되었다. 고전소설 작품, 고전소설의 향유, 고전소설 교육, 매체 문화 등에 대해 관심을 갖고 공부해 온 필자에게 문화콘텐츠라는 영역은 큰 도전이 된다. 때마침 서울시립대학교 기초·보호 학문 및 융복합 분야 R&D 기반조성사업을 통해 이 저서를 구상하고 출간하게 되었다. 이 자리를 빌려 감사의 말씀을 드린다.

이 책의 구성은 크게 두 영역으로 이루어진다. 하나는 고전소설과 문화콘텐츠를 관련짓는 데 필요한 이론적 검토이고, 다른 하나는 실제 사례를 중심으로 한 고전소설과 문화콘텐츠의 관련성 분석이다. 고전소설과 문화콘텐츠와 관련된 이론적 검토는 고전소설의 대중성, 문화콘텐츠, 문화원형 등 주로 핵심 개념을 중심으로 이루어졌다. 고전소설과 문화콘텐츠를 관련지어 살펴볼 수 있는 사례는 무수히 많을 수 있으나 최근의 사례 중 주목할 만한 예를 몇 가지 들어 보았다. 이 책에서 살피지 못한 다양한 사례에 대해서는 차후의 연구로 미루어 둔다.

최근 들어 더욱 급변하고 있는 문화적 양상에서 고전소설 연구의 행방을 고민하는 것은 고전소설 연구자로서 당연한 것일 수도 있다. 그렇지만 연구자로서의 당위를 떠나 구체적 삶을 영위하는 문화적 존재로서로도 고민해 보아야 할 문제일 것이다. 고전소설과 문화콘텐츠에 대해 짧은 생각을 정리한 글이지만 이 글을 시작으로 다양한 논의가 이루어지길 기대한다. 그리고 연구자 스스로도 앞으로의 연구 방향에 대해 고민하는 시작점으로 삼고자 한다.

이 책이 나오기까지 지원해 주시고 도와주신 분들께 진심으로 감사의 말씀을 전하고 싶다. 우선 연구를 허락해 주신 서울시립대학교 총장님과 구성원께 감사드린다. 그리고 '고전소설과 문화콘텐츠'라는 주제로 함께 공부에 참여한 제자들, 특히 함주희, 장열, 양천, 구서경, 고정과 멀리서도 책의 마무리 검토를 도와준 후배 김효정에게 고마운 마음을 전한다.

아울러 이 책의 출판을 위해 여러모로 애쓰신 박이정 출판사 박찬익 사장님과 심재진 본부장님을 비롯한 편집진 여러분들께 감사의 말씀을 드린다.

2021년 8월

서 유 경

Ⅰ. 고전소설과 문화콘텐츠 관련짓기

1. 고전소설과 문화콘텐츠의 관련성

◈ 고전소설과 현대 문화가 어떻게 관련될 수 있을까

고전소설[1]이 지닌 가치와 효용에도 불구하고, 고전소설에 대해 고전 시대, 즉 오래된 옛날에 지어지고 읽힌 소설이라

---

1 이 글에서 '고전소설'은 한국의 문학사에서 근대 이전에 향유되던 소설을 지칭한다. 여기서 굳이 고전소설을 이렇게 간단하게라도 개념을 정의하는 것은 '고전'의 내포적 의미가 다소 넓기 때문이다. 논자에 따라서는 우리나라의 근대 이전 소설에 대해서 옛 소설, 구소설이나 고소설 등 다른 용어를 사용하기도 하나 여기서는 우리의 오랜 전통을 가진 소설에 대해 긍정적 가치를 담고 있는 고전소설이라는 용어를 사용하고자 한다.

는 선입관을 갖고 대하는 경우가 많다. 현대와 관련이 없거나 흥미가 떨어지는 것, 혹은 너무 오래된 이야기라서 이해하기 어려운 것 등 부정적인 인식을 갖기가 쉬운 것이다. 이는 고전소설이 존재했던 시대와 현대의 수용자 사이에 시공간적, 문화사회적으로 큰 차이와 거리가 있기 때문이다. 현대의 수용자들이 보기에는 고전소설 속 이야기가 현대의 문화사회적 상황과 많이 다른 점이 있어 이해하거나 공감하기 어려울 때가 종종 있다. 이렇게 고전소설이 현대 시대와 가진 시간적, 문화 역사적 거리로 인한 어려움을 해결하기 위해서는 수용자가 고전소설을 재해석하고 새롭게 읽는 노력이 필요하다.

고전소설은 지금과는 문화적, 인식적으로 다른 삶의 양태를 다루고 있어 언어적으로도, 관념적으로도 차이를 보인다. 그래서 고전소설을 읽고 이해하기 위해서는 우선적으로는 언어적 난관을 이겨내어야 한다. 현대에는 사용하지 않는 어휘를 알아야 하기도 하고, 관습적 표현에 담긴 의미를 파악할 수 있어야 하기도 한다.

다음으로 고전소설이 현대와는 다른 문화 역사적 배경에서 창작되고 향유되었다는 것에 대한 이해가 있어야 한다. 고전소설이 만들어지던 시대에만 존재했던 사회 제도나 삶의 방식, 언어적 소통 방식이나 문화 예술의 생산과 수용이 지금과는 다른 것 등에 대한 이해가 있어야 고전소설을 제대로 읽을 수 있는 것이다.

이러한 어려움을 극복하고 나면, 고전소설이 갖고 있는 보편적 삶의 문제가 지금의 현대 사회에도 여전히 유효한 것이기에 고전소설과 현대 문화를 관련지어 읽고 현대의 관점에서 해석해 낼 수 있게 된다. 또한 고전소설이 가진 보편적 가치는 고전소설을 읽으며 지금의 삶을 성찰하고, 현대에도 계속 되고 있는 문제를 해결해 볼 계기가 되기도 한다. 바로 이것이 고전소설이 현대 문화와 관련될 수 있는 지점이자 지금도 의미 있는 도전과 가치를 줄 수 있는 지점이기도 하다.

고전소설과 현대 사회 사이에 공통점이 있든 차이점이 있든 그것을 통해 현대 사회 문화에서 어떤 의미를 찾을 수 없다면 고전소설은 단지 과거의 이야기, 유물로서의 의미밖에 없을 것이다. 그렇지만 고전소설이 만들어지고 읽히던 시대 이후 많은 시간이 흐르고, 사회문화적으로 큰 변화가 이루어졌음에도 불구하고 고전소설은 여전히 우리 삶에 의미 있는 질문과 해답을 주고 있기에 지금, 여기에서 고전소설을 다시 읽는 의미, 고전소설을 새롭게 읽는 의의가 있다.

이 글에서 다루고자 하는 고전소설과 문화콘텐츠라는 주제는 바로 이러한 현대 사회 문화의 관점에서 고전소설 새롭게 읽기, 고전소설 다시 읽기, 고전소설 재창조하기의 의미를 지닌다. 현대의 문화콘텐츠는 고전소설과 관련 없이도 건재하고 활발히 생산되며 향유될 수 있을지도 모른다. 현대에 급부상하고 있는 문화콘텐츠 분야는 현대 문명의 발달로 인해 가능해진 기술 적용과 관련이 있다. 그래서 언뜻 보면 고전소설과는 전혀 상관이 없는 문화적 양상이라 생각할 수도 있을지 모르겠다.

그렇지만, 문화콘텐츠의 실제적 향유 양상에서 우리 고전소설과의 연관성이 곳곳에서 발견된다. 이미 다양한 문화콘텐츠의 실제 사례에서 고전소설과 관련지을 수 있는 지점들을 찾을 수 있다. 그것을 단적으로 말하자면, 고전소설의 현대적 스토리텔링, 문화원형으로서의 고전소설 활용, 고전소설 속 캐릭터의 등장 등이다. 이제까지 이루어진 현대 문화예술의 양상을 볼 때, 이러한 고전소설과 현대 문화콘텐츠의 관련성은 앞으로 고전소설을 바탕으로 한 문화콘텐츠 생산과 향유, 그리고 이를 통한 문화콘텐츠의 확보와 발전이라는 긍정적 가능성을 보게 된다.

이에 이 책에서는 우리의 고전소설과 문화콘텐츠를 관련

지을 수 있는 이론적 기반을 검토하고, 실제로 고전소설과 문화콘텐츠를 비교하여 분석하며 관련짓는 작업을 수행해 보고자 한다. 이러한 과정에서 이제까지 이루어진 문화콘텐츠 관련 이론을 검토하며, 현대 문화콘텐츠와 관련되는 고전소설을 찾아 문화콘텐츠로 재생산되면서 일어난 의미의 변화나 문화콘텐츠로서 제작되는 방식을 살펴보기도 할 것이다.

고전소설이 문화콘텐츠와 관련되는 방식은 일차적으로는 어느 한 고전소설작품의 문화콘텐츠화이겠지만, 이렇게 문화콘텐츠에서 직접적이고 전반적인 고전소설을 활용하는 방식뿐만 아니라 하나 혹은 여러 고전소설작품에서 부분적, 선별적으로 활용하는 방식도 있다.

고전소설과 관련지을 수 있는 문화콘텐츠가 있다는 것은 근본적으로 고전소설의 의미를 재해석하고, 변용하는 과정을 거쳤다는 혹은 그럴 가능성이 있다는 의미를 가진다. 따라서 고전소설과 현대 문화콘텐츠를 관련짓는 작업은 고전소설에서 현대인의 삶과 관련지을 수 있는 부분들을 찾는 것이기도 하고, 새로운 문화콘텐츠의 생산에 활용될 수 있는 고전소설 작품의 특성을 분석하는 것이기도 하며, 현대에서 생산된 문화콘텐츠에서 고전소설과 관련될 요소나 특성을 찾는 것이기도 하다.

◈ 소설 향유의 전통과 방식의 변화

한국의 고전소설이 만들어지고 수용되던 당대에서 이루어
지던 소설의 향유 방식에는 근·현대소설과 다른 부분들이
있다. 근·현대소설을 서사적 전통 측면에서 본다면 시대를
달리하면서 탄생한 고전소설과 동일한 양식으로서의 소설이
라 하겠지만, 그 향유 방식이나 유통, 매체 등의 측면에서는
이질적인 특성이 있다. 그것은 고전소설과 근·현대소설을
구분 짓고자 한 당대적 인식에서도 볼 수 있다.

예를 들어 '신소설'에 대비되는 '구소설'이라는 용어의 등
장이다. '왜 조선시대까지 향유되어온 소설에 대해서는 굳이
'구소설'이라 하고, 이인직, 이해조 등의 작가가 쓴 작품은
'신소설'이라 하였겠는가?'에 대한 대답을 찾으면 그러한 인
식[2]을 확인할 수 있다.

전통적 소설 양식으로서의 고전소설은 개인적 예술 창작
으로서의 성격보다는 집단적 생산과 수용이 이루어진다는

---

2 이는 새로운 소설, 새로운 양식의 등장을 강조하고자 한 당대적
   인식을 말하기 위한 질문이다.

향유 방식의 독자적 특징과 관련지어 볼 수 있다. 이를 다른 한편으로 근현대 문화의 관점에서 말한다면 작가의 등장이라 하겠다. 현대의 모든 예술품들은 작가, 생산자, 저작자 등 특정한 개인 작가의 작품으로 만들어지고 존재하며 유통된다.

그러나 전통적으로 고전소설은 작품이 존재하고, 유통도 되고, 향유도 되지만 정작 작가는 확인할 수 없는 경우가 많다.[3] 그리고 어느 특정한 작가가 썼다고 알려진 작품이라 할지라도 그 작품이 향유되고 유통되는 과정에서 새로운 버전이 만들어져 원작과는 달라지는 모습도 지니게 된다. 이렇게 새로이 만들어진 버전을 이본(異本)이라고 하는데, 이본이 다양하고 풍부한 고전소설 작품은 그만큼 그 작품에 관여한 수용자와 작가가 다양하고 많다는 의미이기도 하다.

또한 고전소설을 향유한 방식에 초점을 맞추어 보면 현대소설과는 다른 특수성이 있다. 이를 구술적 향유와 집단적

---

3 고전소설 중에서도 주로 국문소설이 이러한 성격을 지닌다. 한문소설의 경우는 개인의 문집에 수록되어 전하기 때문에 어느 정도 작가를 특정할 수 있다. 그렇지만 국문소설의 경우 누가, 언제 창작한 작품인지 불명확하고, 여러 다양한 이본들 중에서 무엇이 최초의 버전인지도 알 수 없을 때가 많다. 이는 한문과 국문의 문자 사용층과도 관련이 깊을 것이다.

향유로 요약할 수 있다.

근·현대 시대에서 소설은 읽기의 대상이다. 물론 현대에 들어서는 오디오북의 형태로 만들어져 듣기 자료로 존재하는 경우도 있다. 그렇지만 그러한 경우에도 개별 독자, 청자의 읽기 혹은 듣기의 방식으로 향유된다.

한편 고전소설은 그 수용 방식에 있어서도 개인의 읽기뿐만 아니라 집단적 구술 향유라는 특성을 가지고 있다. 전기수나 강독사의 존재가 이러한 집단적 구술 향유의 방증이다. 전기수나 강독사는 소설을 외워서 읊어주거나 읽어주는 것을 직업으로 하는 사람들이다. 전기수(傳奇叟)나 강독사와 같은 직업이 있었다는 것은 이러한 방식의 소설 향유를 원하고 즐기는 독자층이 있었다는 것을 뜻한다.

현대 사회 관점에서 보면 문자를 알지 못하는데 소설을 어떻게 읽을 수 있다는 것인지 이해할 수 없는 일일지도 모른다. 그렇지만 고전소설이 만들어지고 향유되던 시대에는 소설을 읽어 주거나 이야기해 주는 것을 직업으로 삼은 사람들을 통해 소설을 즐길 수 있었던 것이다. 이러한 이야기꾼들의 존재는 혼자 방에서 소설을 읽는 방식이 아니라 시장과 같은 공개된 장소에서 여러 명이 동시에 집단적으로 고전소설을 들으면서 즐길 수 있었음을 시사한다. 그래서 문자 습

고전소설과 문화콘텐츠

득 여부와 관계없이 소설을 향유할 수 있었던 것이다.

흥미로운 것은 이러한 고전소설의 특징적인 집단적 향유 방식이 근·현대 소설과는 차별적인 것인데 비해, 현대의 문화콘텐츠와는 유사하다는 것이다. 이것은 일찌감치 옹(Ong)이 말한 구술 문화와 문자 문화를 넘어선 다음 단계의 문화가 현 시대의 문화, 즉 이차적 구술성이 발현되는 문화이기 때문일 것이다. 향유 방식 측면에서 보면, 현대의 정보통신 기술의 발달이 가져온 문학 향유 방식 변화가 근·현대 문학보다는 고전문학 향유 방식에 근접하는 양상에서 이를 알 수 있다.[4]

텔레비전과 같은 뉴미디어나 인터넷 매체 기반의 문화 양식을 보면 개별적 향유인 듯 보이지만 실제로는 대량적 전송에 의한 집단적, 대중적 향유의 성격이 강하다. 매체 수용자의 입장에서 보면 자신이 개별적으로 콘텐츠를 향유한다고

---

4 월터 J. 옹, 이기우 역, 『구술문화와 문자문화』, 문예출판사, 1995. 옹은 구술성을 일차적 구술성과 이차적 구술성을 분리하여 설명한다. 서명아(「구술성의 특징과 뉴미디어의 구술문화: 월터 옹의 구술성 개념을 중심으로」, 연세대학교 대학원 석사학위논문, 2017)는 옹의 구술성에 대한 이러한 고찰을 바탕으로 뉴미디어에서의 구술성을 분석하고, 이러한 미디어에서의 구술성이 가져온 언어표현 방식의 변화를 다루고 있다.

생각할지 모르지만, 각종 SNS나 의사소통 수단을 통해 대량 전송된 콘텐츠를 함께 향유하는 것이기 때문이다.[5]

이러한 고전소설과 현대 문화에서의 매체 향유 방식이 보이는 유사성은 현대의 매체 문화와 매우 거리가 멀게 느껴질 법한 고전소설이 오히려 현대 문화와 관련성을 지닐 수 있는 지점이기도 하다. 또한 다른 측면에서 고전소설의 집단적 향유와 현대 매체의 대량 전달 방식에 나타나는 매개자, 즉 유통업자의 존재에 대해 비교해 볼 만하다.

고전소설의 시대에서 유통업자는 책 거간꾼이나 전기수와 같은 소설 향유의 매개자를 들 수 있다. 이에 비해 현대 문화에서는 출판사나 방송사와 같은 기업과 매체 산업이 유통의 중심에 있다. 출판사는 근대 문화에서도 존재했던 유통업자이지만, 현대에 들어 새롭게 등장한 방송 관련 산업의 주체들은 훨씬 막대한 자본과 유통망으로 콘텐츠를 대량 제공,

---

5 물론 텔레비전과 같은 뉴미디어로 지칭되는 매체와 인터넷 매체 사이에는 생산자와 수용자 간의 소통 방식에 어느 정도 차이가 있다. 뉴미디어가 일방적 대량 전송인데 비해 인터넷 매체는 개별 네트워크를 통한 전송이고 상호작용성을 지니기 때문이다. 그렇지만, 전송을 위한 매체 기반이 대량적, 대중적 소통을 가능하게 하는 인프라를 제공하는 업체에 의해 만들어진다는 점에서는 공통점이 있다 하겠다.

고전소설과 문화콘텐츠

동시 제공을 가능하게 한다. 이들은 소설을 활자로서가 아니라 매체 전환된 콘텐츠로 만들어 향유 방식의 변화를 일으키고 주도하는 막강한 힘이라고도 할 수 있다.

최근 들어 고전소설이 조망을 받게 된 것은 이러한 현대 문화 산업 분야에서 문화콘텐츠의 원천소스로 고전소설이 활용될 수 있는 가능성이 높기 때문이라 할 수 있다. 앞으로 살펴보겠지만, 이는 고전소설이 보편성을 지닌 서사로서 문화원형으로서의 가치를 지니고 있음이 발견되고 확인되었음을 의미한다.

이러한 맥락에서 이 글에서는 고전소설과 문화콘텐츠의 관련성을 현대의 문화콘텐츠 생산 측면과 함께 향유 측면도 고려하여 살펴보고자 한다. 문화콘텐츠나 문화원형에 대한 개념 정의, 이론적 검토는 절을 달리하여 다루도록 하겠다.

◈ 고전소설의 대중성

우리 고전소설이 현대의 문화콘텐츠와 관련하여 각광 받을 수 있는 속성이 무엇인지 찾아보자면 대중성을 들 수 있다. 우리의 고전소설은 그 탄생에서부터 대중(popular) 예술적 속성을 가지고 있다 할 수 있겠다. 이렇게 고전소설이 태생적으로 가진 대중 예술로서의 특성은 근·현대 문학에서

볼 수 있는 순수 예술의 추구와 대비하여 생각해 볼 수 있다.[6]

애초에 대중 예술이라는 용어는 이론적으로 순수 예술 혹은 고급 예술과 대조적으로 사용되었다고 할 수 있다. 대중 예술은 범박하게 말하자면 대중을 대상으로 그들의 기호를 충족시키고자 하는 예술이다. 대중[7]은 불특정 다수를 지칭하는 것이기에 대중의 기호를 만족시킨다는 것은 특정한 소수를 위한 것이 아니라 다수를 위한 몰개성적인 것이 되기 쉽

---

6 이는 대중 예술을 정의하는 원론적 차원에서 대비적이라는 것이다. 실제로 대중 예술을 둘러싼 관점은 매우 논쟁적이고 가치 부여에 대해서는 논자에 따라 다르다고 할 수 있다. 그래서 용어 사전(한국 문학평론가협회, 『문학비평용어사전』, 국학자료원, 2006)에서도 다음과 같이 정리하고 있는 것 같다.

"순수 예술, 고급 예술에 대립되는 개념으로 쓰였으나 최근 기술복제와 대량 생산의 심화로 그 경계가 모호해지고 있는 상황이다. 최근에 이루어진 기술 발전으로 예술은 반복 재생산이 가능해짐으로써 종래 순수/대중의 이분법이 사라지게 된다."
(문학비평용어사전, https://terms.naver.com/entry.nhn?docId=1529802&cid=60657&categoryId=60657)

7 백과사전에 제시된 '대중'의 요약적 정의는 "지위 · 계급 · 직업 · 학력 · 재산 등의 사회적 속성을 초월한 불특정 다수의 사람들로 이루어진 집합체"이다. 이는 군중이나 공중과 구별되는 것이며, 이론적 기반에 따라 정의되는 방식에도 차이가 있다.
(두산백과, https://terms.naver.com/entry.nhn?docId=1081426&cid=40942&categoryId=31630)

고전소설과 문화콘텐츠

다. 이를 긍정적으로 말하자면 보편적인 것, 많은 사람들에게 예술로 인정받는 것, 혹은 많은 이들이 좋아하는 것이다.

그렇지만 이러한 대중 예술의 몰개성적, 보편적 성격은 다른 한편으로 보자면 개별적 예술 작품이 가지는 고유한 가치가 두드러지지 않는 것이라는 의미이기도 하다. 그래서 대중 예술은 교양 있는 소수, 귀족과 같은 상류 계층, 지배집단이 추구하는 예술의 우아함, 순수성, 고상함과 대비되는 저속함, 세속성, 통속성을 지닌다고 본다. 이러한 방식으로 대중 예술을 바라보면, 대중 예술은 많은 사람들이 좋아하는 것이기는 하지만 오락으로서 의미가 있는 것이지 교양이나 지식 축적과 같은 가치가 있는 것은 아니라는 폄하적 시각을 갖게 된다.[8]

---

8 이는 대중문화를 두고 이제까지 이루어진 논쟁의 핵심이 교양과 오락의 대립이라는 지적과 상통한다(백선기, 『대중문화-그 기호학적 해석의 즐거움』, 커뮤니케이션북스, 2003). 논자의 지적대로 이러한 관점에서 보면 대중문화라는 용어의 쓰임은 지배집단의 문화에 대비되는 저급함, 저속함 등의 폄하적인 의미를 내포하고 있다. 이 책에서 논자는 대중문화의 쟁점에 대해 다음과 같이 설명한다.

"초기 대중문화의 쟁점이 바로 '교양'과 '오락'의 대립이었던 것이다. 당시의 많은 학자나 예술가들은 '읽는 행위'란 '교양을 쌓거나 계몽적이어야 한다'고 믿고 있었다. 그리하여 그들은 고전이나 잘 쓰여진 저서들을 읽을 것을 권장하였으며, 이러한 전통은 오늘날에도 계속하여 전해지고 있다. 그러나 이러한 교양과 계몽 지향

그런데 이러한 대중 예술에 대해 낮추어 보는 시각이 매스 미디어의 발달과 함께 이루어진 뉴미디어, 전자 문화 시대로 접어들면서 달라지고 있는 듯하다. 대중 예술을 저급한 문화 예술로 간주하는 관점은 본격적 예술 양식과 대비하여 이루어진 것인데, 이러한 문화 예술의 양상이 인터넷 기반 문화, 디지털 시대의 문화를 맞으면서 변화가 일어난다. 다시 말해 대중 예술과 순수 예술의 경계가 허물어지고 새로운 문화 예술 양식이 출현하면서 예술의 생산, 수용 방식도 달라지게 된다. 이러한 변화가 고전소설과 현대의 문화콘텐츠가 만날 수 있는 계기를 촉발하였다 할 수 있다.

고전소설의 기원을 찾자면 구비 전승되던 설화나 문헌에 기록되어 전하는 설화, 굿 연행과 함께 전하는 서사무가 등이다. 이들 양식은 서사성이라는 공통점이 있으면서 집단적으로 향유되는 과정이 있다는 특징이 있다. 그리고 설화나 서사무가가 가진 집단적 향유의 특성은 대중성과 관련지을 수 있다. '집단성이 바로 대중성이다'라고 집단성과 대중성을

의 '읽기의 행위'는 또 다른 목적으로 수행할 수 있다는 주장이 제기되면서 갈등에 들어가게 된다. 바로 읽는 행위의 목적이 '오락'이나 '쾌락'을 위한 것일 수 있다는 것이다. 종교적인 억압이나 사회 권력의 억압에서 벗어나 '즐거움'이나 '오락'을 향유할 수 있는 것이 또 다른 인간의 권리일 수 있다는 것이다."

고전소설과 문화콘텐츠

직결하여 동일시 할 수는 없겠지만, 이들 양식의 향유 집단이 주로 피지배 계층인 백성이라는 점에서 불특정 다수라는 대중의 개념에 연결 지어 볼 수 있다.

고대로부터 민간 전승되는 예술 양식의 특성에서 집단성, 통속성, 관습성을 발견할 수 있다는 점에서도 우리의 전통예술이 대중성을 지닌다고 할 수 있다. 이는 전통예술의 향유 방식이 주로 현장성을 지니면서 다수의 향유자가 집단적으로 즐기는 것이기 때문이다.

고전소설은 이러한 서사 양식의 역사적 전개 과정에서 발생한 것이고, 집단성이 작용할 수 있는 방식으로 향유되었다는 점에서 대중성을 갖게 되었다고 할 수 있다.[9] 고전소설이야말로 당대 문화로서는 대중 예술의 꽃이었다고도 할 수 있을 것이다. 이러한 고전소설이 근대를 맞이하면서는 구소설로 불리며 새로운 소설인 신소설, 근대소설과 구별되어 취급되기는 하였으나 새로운 매체 양식인 영화, 만화 등으로 재생산되는 양상을 보인다. 이는 고전소설의 서사가 과거로부

---

9 이러한 대중성을 모든 고전소설이 가졌다고 하기에는 무리가 있을 것이다. 여기서 향유 방식이나 창작과정에서 집단성, 대중성을 가지는 고전소설은 주로 국문소설에 해당한다. 국문소설은 한문소설과 달리 문자 습득 계층의 범위가 넓고, 전기수나 강독사의 존재로 인해 문자 습득 여부에 상관없이 향유할 수 있었기 때문이다.

터 전해져오는 오래된 것이지만 지금도 여전히 유효하다는 의미이며, 여기에서 고전소설의 대중성을 확인할 수 있다.[10]

이러한 고전소설의 매체 전환 양상은 현대에도 지속되는 흥미로운 문화적 현상이다. 지금 논의하는 고전소설과 문화콘텐츠의 관련성도 이러한 문화 예술의 역사적 양상 중 하나라 할 수 있을 것이다. 그리고 이러한 양상은 고전소설이 지닌 대중성을 방증하는 것이라 하겠다.

◈ 문화콘텐츠의 대중성

문화콘텐츠는 그 존재 기반이 문화산업이라는 점에서 대중성을 필연적으로 지닐 수밖에 없다. 문화산업은 문화 자본의 논리로 움직인다고 할 수 있다. 여기서 문화자본에 대한 다음의 설명을 살펴보자.

---

10 김태림도 문화콘텐츠의 원형으로 고전이 잘 쓰이게 되는 이유를 대중성과 관련지어 다음과 같이 설명한다.

"문화콘텐츠에서 가장 활발하게 쓰일 수 있는 소재가 바로 '고전 원형'이다. 지금까지도 전해져 내려오는 서사라면 한국에서의 대중성은 이미 확보된 바 있다는 것을 의미하기 때문이다."(김태림, 「고전·문화콘텐츠 연구 현황과 전망」, 경희대학교 대학원 석사 학위논문, 2019, 3쪽.)

"프랑스의 사회학자 부르디외(Bourdieu)에 따르면, 대표적 자본형태로는 경제자본, 사회자본, 문화자본의 세 가지가 존재한다. 경제자본은 흔히 이해되고 있듯이 실물자본과 금전적 자본을 의미하며, 사회자본은 한 개인이 집단에 소속됨으로써 제공받는 네트워크로부터 얻게 되는 잠재적인 자원이다. 그리고 문화자본은 문화와 지식시장에서 전문가들이 보유하고 있는 권력수단으로서 계급간의 불평등 관계를 야기하고 유지하는 자본의 형태이다. 자본의 형태에는 이외에도 경제자본, 문화자본, 사회자본을 정당한 것으로 승인하게 하여 사회질서를 당연한 것으로 받아들이게 하는 상징자본이 있다. 예를 들어 여기에는 신용, 미덕, 명예 등이 들어간다.

부르디외가 이러한 자본 형태들 중에서 문화자본에 특히 주목하는 이유는 사회질서가 유지되고 지배와 권력 관계가 재생산되는 과정에서 경제자본만큼이나 문화자본이 중요한 역할을 수행하기 때문이다. 문화자본은 경제자본처럼 직접적으로 사회적 지위를 전수하지 않고 문화적 성향과 태도를 차별화하고 문화적 대상을 이용하는 능력을 강조한다는 점에서 사회적 지위를 재생산할 수 있는 우수한 기제라고 할 수 있다. 따라서 문화자본의 소유 여부는 집단 간 문화적 취향의 차이와 사회적 지위의 차이를 발생시킬 수 있는 역량과 연결

될 수 있다."[11]

위의 설명을 통해 알 수 있듯이, 문화자본은 경제자본, 사회자본과 마찬가지로 사회에서 지배와 권력 관계를 만들어 내고 재생산하는 자본이다. 여기서 주목할 것은 문화콘텐츠가 문화자본에 의해 만들어지고 움직이는 문화산업의 상품이자 유통재라는 것이다. 그래서 문화콘텐츠는 근본적으로 대중성을 지향하고 자본의 논리에 따라 많은 수익을 창출할 수 있는 것을 목적으로 한다.

〈문화산업진흥기본법〉에서 제시하고 있는 문화산업과 문화상품 등에 대한 규정을 일부 발췌하면 다음과 같다.[12]

　　1. "문화산업"이란 문화상품의 기획·개발·제작·생산·유통·소비 등과 이에 관련된 서비스를 하는 산업을 말하며, 다음 각 목의 어느 하나에 해당하는 것을 포함한다.

　　가. 영화·비디오물과 관련된 산업

11　김영순, 「문화자본과 콘텐츠의 만남」, 『문화콘텐츠학의 탄생』, 다할미디어, 2011.
12　문화체육관광부(문화산업정책과), 「문화산업진흥기본법」(시행 2020. 12. 10)

나. 음악 · 게임과 관련된 산업

다. 출판 · 인쇄 · 정기간행물과 관련된 산업

라. 방송영상물과 관련된 산업

마. 문화재와 관련된 산업

바. 만화 · 캐릭터 · 애니메이션 · 에듀테인먼트 · 모바일문화콘텐츠 · 디자인(산업디자인은 제외한다) · 광고 · 공연 · 미술품 · 공예품과 관련된 산업

사. 디지털문화콘텐츠, 사용자제작문화콘텐츠 및 멀티미디어문화콘텐츠의 수집 · 가공 · 개발 · 제작 · 생산 · 저장 · 검색 · 유통 등과 이에 관련된 서비스를 하는 산업

아. 대중문화예술산업

자. 전통적인 소재와 기법을 활용하여 상품의 생산과 유통이 이루어지는 산업으로서 의상, 조형물, 장식용품, 소품 및 생활용품 등과 관련된 산업

차. 문화상품을 대상으로 하는 전시회 · 박람회 · 견본시장 및 축제 등과 관련된 산업. 다만, 「전시산업발전법」 제2조 제2호의 전시회 · 박람회 · 견본시장과 관련된 산업은 제외한다.

카. 가목부터 차목까지의 규정에 해당하는 각 문화산업 중 둘 이상이 혼합된 산업

2. "문화상품"이란 예술성·창의성·오락성·여가성·대중성(이하 "문화적 요소"라 한다)이 체화(體化)되어 경제적 부가가치를 창출하는 유형·무형의 재화(문화콘텐츠, 디지털문화콘텐츠 및 멀티미디어문화콘텐츠를 포함한다)와 그 서비스 및 이들의 복합체를 말한다.

3. "콘텐츠"란 부호·문자·도형·색채·음성·음향·이미지 및 영상 등(이들의 복합체를 포함한다)의 자료 또는 정보를 말한다.

4. "문화콘텐츠"란 문화적 요소가 체화된 콘텐츠를 말한다.

5. "디지털콘텐츠"란 부호·문자·도형·색채·음성·음향·이미지 및 영상 등(이들의 복합체를 포함한다)의 자료 또는 정보로서 그 보존 및 이용의 효용을 높일 수 있도록 디지털 형태로 제작하거나 처리한 것을 말한다.

6. "디지털문화콘텐츠"란 문화적 요소가 체화된 디지털콘텐츠를 말한다.

7. "멀티미디어콘텐츠"란 부호·문자·도형·색채·음성·음향·이미지 및 영상 등(이들의 복합체를 포함한다)과 관련된 미디어를 유기적으로 복합시켜 새로운 표현기능 및 저장기능을 갖게 한 콘텐츠를 말한다.

〈문화산업진흥기본법〉에서 밝히고 있는 문화산업은 위에 제시된 것들이고, 문화상품은 이러한 문화산업 분야에서 만들어지고 유통되는 상품이다. 여기에서 문화콘텐츠는 문화산업진흥기본법에서 말하는 문화상품의 하나라 할 수 있다.

그런데 문화상품의 구체적 양상은 구현되는 방식도 매우 다양하고, 유통되고 향유되는 방식도 다양하여 일괄하여 분석하기 어려운 점이 있다. 〈문화산업진기본법〉에 제시된 문화산업의 예에서 볼 수 있듯이, 영화와 출판, 인쇄물은 매체의 속성이 다르고 문화콘텐츠로 제작되어 유통될 때 존재하는 방식이나 수용자들이 향유하는 방식에도 큰 차이가 있다. 영화와 방송영상물은 영상물이라는 공통점이 있어서 비슷할 것 같지만, 영화와 드라마, 광고만 두고 보더라도 제작의 관점이나 유통의 방식에 큰 차이가 있다.

그래서 음반과 게임물을 비교한다면 문화콘텐츠 차원에서는 고전소설이 지니는 스토리 라인이나 특정 캐릭터, 모티프 등 서사적 요소 중 하나만 공통적일 수도 있다. 문화재 관련 사업이나 전통의상, 식품 등으로까지 확산되면 범주 상으로는 문화콘텐츠라는 동일한 것에 속하지만, 구체화된 양식은 매우 이질적인 것으로 보일 수도 있다. 문화재 관련 사업을 대표적으로 든다면 관광 스토리텔링을 생각해 볼 수 있다.

이는 특정한 고전소설과 지역, 관광을 관련지어 문화상품으로 개발하는 경우이다. 대개의 경우 지역 산업을 활성화하고, 관광지로서의 강점을 알리기 위해 문화콘텐츠로 제작한다. 그래서 최종적으로 개발된 문화상품의 형태를 보면, 지역을 대표하는 캐릭터를 디자인해서 소개하거나 관광지를 소개하는 페이지를 만들고, 고전소설과 지역을 연계하여 각종 행사를 개최하는 등 다양한 모습을 띠고 있다.

◈ 고전소설과 문화콘텐츠의 관계

고전소설과 문화콘텐츠는 역사적, 시대적으로 거리가 매우 멀고, 생산되고 유통, 수용되는 방식 면에서 큰 차이가 있지만, 고전소설이 문화콘텐츠와 관련될 수 있는 가능성은 다양하게 열려 있다. 그 증거로 이제까지 이루어진 많은 연구에서 고전소설과 문화콘텐츠가 어떻게 관련될 수 있는지를 볼 수 있었고, 문화산업 현장과 현대 문화의 실제에서 고전소설과 관련된 문화콘텐츠들이 계속해서 개발되고 향유되고 있다는 점을 들 수 있다. 앞으로도 고전소설과 문화콘텐츠가 관련될 수 있는 지점은 더욱 많이 개발되고 시도될 것이라 기대된다.

그런데 고전소설이 문화콘텐츠와 관련될 수 있는 가능성

들은 고전소설을 현전하는 그대로 원용하는 방식이 아니라 고전소설의 어떤 서사적 자질이나 재가공함으로써 열린다. 예를 들어 어떤 고전소설을 바탕으로 영화나 광고나 웹툰을 제작한다고 할 때, 아무리 노력해도 고전소설 그 자체를 대입하거나 적용할 수는 없다. 왜냐하면 근본적으로 고전소설이라는 소설 양식과 문화콘텐츠로 구현되는 양식이 다르기 때문이다.

다른 한편으로 고전소설과 문화콘텐츠의 양식이 서로 다르기 때문에 고전소설이 그대로 문화콘텐츠화될 수 없다는 이유 외에도 고전소설의 문화콘텐츠화 과정은 변화와 창조의 원리에 의해 이루어진다는 점을 들 수 있다. 현대에 들어 새삼스럽게 주목받고 부상한 고전소설이 있어서 이를 문화콘텐츠로 생산한다고 할지라도 있는 그대로의 고전소설을 구현하고 전달하는 것을 목적으로 하면 문화콘텐츠로서 성공하기 어렵다.

그래서 고전소설이 문화콘텐츠와 관련될 때는 서사 차원에서 줄거리가 원용되거나 변용되고, 고전소설의 캐릭터가 재창조되기도 하며, 고전소설 작품의 모티프가 재배치되거나 변용되기도 한다. 그 변용이나 재창조의 방식은 때때로 매우 파격적이고 심하게 비트는 것이어서 원래의 고전소설 작품이 지녔던 자질이 거의 남아있지 않기도 한다. 이러한 점 때문에 고전소설과 문화콘텐츠를 함께 다루기 위해서는 우선적으로 공통점에 대한 분석이 이루어져야 하고, 고전소설이 문화콘텐츠로 만들어지면서 일어난 변화에 주목해야 한다.

고전소설과 문화콘텐츠를 비교하는 작업은 크게 두 방향에서 가능하다. 하나는 고전소설을 바탕으로 제작되었다고 할 수 있는 문화콘텐츠를 서로 비교하는 경우이고, 다른 하나는 고전소설과 별개로 제작된 문화콘텐츠이지만 고전소설과 비교하여 의미를 부여할 수 있는 경우이다.

첫 번째의 경우는 고전소설과 문화콘텐츠가 관련되는 것이 당연하다 할 수 있을 것이다. 이는 고전소설작품의 서사를 공유하는 정도가 높고, 문화콘텐츠의 제목이나 캐릭터, 배경 등에서 기반으로 하고 있는 고전소설작품을 드러내기 때문이다. 두 번째의 경우는 서로 관련성이 없어 보이는 고전소설과 문화콘텐츠이지만 주요 모티프나 사건, 캐릭터 등의 측면에서 유사성이 있어 고전소설과 관련되는 문화콘텐츠라고 판단한 것이다. 이는 문화콘텐츠의 제작자가 의도하지 않았다 할지라도, 생산된 문화콘텐츠에서 고전소설의 요소나 자질이 발견되기 때문에 가능한 작업이다.

이 글에서 고전소설과 관련짓는 문화콘텐츠는 일차적으로 시각자료, 즉 영화나 텔레비전 드라마와 같은 영상문화콘텐츠에 주목하고자 한다. 앞으로 살펴보겠지만, 문화콘텐츠의 종류나 유형이 매우 다양하여, 어떤 종류의 문화콘텐츠와 관련짓는지에 따라 분석의 방식이나 가능성에 대한 논의가 아주 달라진다. 그래서 주로 논의할 문화콘텐츠의 유형을 밝혀두는 것이 필요하리라 판단했다.

정리하자면, 우선 문화콘텐츠에서 원용되는 자료로서의 고전소설에 주목하고, 현대의 다양한 문화콘텐츠와 고전소설을 비교하는 작업을 해 볼 것이다. 다음으로는 고전소설을 기반으로 하여 개발될 수 있는 문화콘텐츠 분야와 양식에 대해 그 가능성을 살펴 볼 것이다.

고전소설과 문화콘텐츠는 매체 측면, 구현 양상과 방식 등에서 매우 이질적이다. 그럼에도 불구하고 고전소설이 문화콘텐츠와 관련을 맺으면서 현대 문화에 유의미한 자료로 부상하고, 현대에 새로운 의미로 재생산되는 매우 흥미로운 양상을 보이고 있다. 이 글에서는 이러한 고전소설의 현대적 의의와 가치에 주목하며, 고전소설이 여전히 우리 삶에 의미 있는 것으로 살아 있기를 기대한다.

2. 문화원형과 문화콘텐츠의 개념

고전소설과 문화콘텐츠를 관련지어 다룰 때 살펴보아야 할 개념이 문화원형과 문화콘텐츠이다. 문화콘텐츠라는 것이 새로운 문화 현상으로 부상하고 사회적으로 이미 많이 확산되어 있다 보니, 이제는 이러한 용어들이 그리 생경하거나 어려운 것이 아니다. 그래서 문화콘텐츠나 문화원형 등의 용어를 검토하는 것이 새삼스럽다고 여길지도 모른다. 그렇지만 이미 익숙한 이 용어들의 개념이 학문 분야나 연구자에 따라서는 다소 차이가 있는 경우가 있다.

이는 우리 사회 문화에서 문화콘텐츠 산업이 외부 환경적 요인으로 인해 매우 급작스럽게 활성화된 것과 관련이 있다. 문화콘텐츠에 대한 관심이 어떻게 해서 유발되고 학문적 탐구 대상이 되었는지를 살피자면 그러하다. 문화콘텐츠라는 새로운 용어는 문학이나 인문학 내부에서 시작되었다기보다는 인터넷을 비롯한 각종 매체의 발달, 디지털 문화의 확산, 문화 산업과 문화 자본의 움직임 등 외부 환경에 의한 것이다. 또한 문화콘텐츠의 발달이나 활성화도 문학 연구나 인문학 연구에 의해 주도된다고 하기는 어렵다. 역으로 산업과 자본의 논리에 따라 문화콘텐츠 생산이 이루어지고 그 이후

문학 연구, 문화 비평 등이 이에 대해 분석하는 방식으로 나타난다.

그렇지만, 이러한 문화콘텐츠 산업과 문학 연구 현황이 문제라고 할 것은 아니다. 오히려 문화콘텐츠에 대한 전 사회적 관심과 산업의 활성화는 문학과 문화를 연구하는 입장에서 매우 고무적이라 할 만하다. 왜냐하면 이러한 문학 연구가 현대 사회 문화와 긴밀히 관련될 수 있는 지점이기도 하기 때문이다.

◈ 문화원형

문화원형에 대한 관심과 문화콘텐츠에 대한 본격적인 논의는 2000년 즈음[13]부터 이루어졌다 할 수 있다.[14] 문화콘텐츠라는 것은 우선 IT(Information Technology)로 급부상한 '콘

---

13 김태림은 이 시기를 2002년이라 지정하고 있다(김태림, 「고전·문화콘텐츠 연구 현황과 전망」, 경희대학교 대학원 석사학위논문, 2019, 12쪽.).

14 단적으로 '문화콘텐츠'나 '콘텐츠'를 연구의 주요 대상으로 하는 학회가 2000년 이후 성립된 데에서 알 수 있다. 이러한 학회들의 예로 한국문화콘텐츠학회, 한국문화콘텐츠기술학회, 한국콘텐츠학회, 글로벌문화콘텐츠학회 등을 들 수 있다. 문화콘텐츠나 콘텐츠를 표방하는 학회가 성립되었다는 것은 본격적 연구의 가능성을 학문 영역에서 인정하고, 학자들이 연구하기 시작했음을 말해준다 하겠다.

텐츠(Contents)'에서 파생된 용어의 하나이다. 멀티미디어 콘
텐츠, 문화콘텐츠, 예술콘텐츠, 교육콘텐츠 등 각종 콘텐츠
가 있는데, 이는 원천적으로 콘텐츠에서 나온 것이다. 처음
에 콘텐츠라는 용어가 사용되었을 때에는 많은 사람들이 그
의미에 대해 궁금해 하고 개념 규정을 위해 노력했다.[15]

콘텐츠의 개념은 "인터넷이나 컴퓨터 통신 등을 통하여 제
공되는 각종 정보나 그 내용물. 유·무선 전기 통신망에서
사용하기 위하여 문자·부호·음성·음향·이미지·영상 등
을 디지털 방식으로 제작해 처리·유통하는 각종 정보 또는
그 내용물을 통틀어"[16] 지칭하는 것이다. 이러한 정의로 볼
때, 콘텐츠는 이미 사전에 등재되어 있던 단어 즉, 어떤 내용
물, 목차, 주제 등의 의미를 지니는 content와는 다른 의미역
을 갖는 새로운 용어임을 알 수 있다.

콘텐츠라는 용어가 우리나라에서 확산되기 시작한 시기는
따지고 보면 2000년 이전이다. 그것은 1990년대 후반부터 소
위 정보화 사업[17]이 전 사회적으로 이루어지면서 멀티미디어

---

15 '콘텐츠'라는 용어가 사용된 초기에는 컨텐츠, 컨텐트, 콘텐트 등
   그 표기도 다양하여 혼란스러운 측면이 있었다. 그래서 국립국어원
   에서 그 올바른 표기법을 콘텐츠라고 규정하게 되었다.
16 표준국어대사전의 정의이다.
   (https://stdict.korean.go.kr/search/searchView.do)

고전소설과 문화콘텐츠

개발, 인터넷 기반 확장을 위한 네트워크 사업 등이 추진된 것과 관련이 있다. 전 국가적으로 추진되는 네트워크 사업에 힘입어 그 영향은 학교교육 정책과 연구에도 미쳤다.[18] 그리고 2000년 이후에는 인터넷을 활용한 교육이나 e-Learning 도입, 개발과 활용에 대한 시도와 연구가 활발해졌다.

그렇게 정보화 인프라가 구축되면서 네트워크를 통해 유통될 콘텐츠에 대한 수요가 사회문화적으로 커졌다. 국가 정책 기관이나 사기업이나 각종 프로그램과 콘텐츠의 개발, 공급으로 새로운 사업을 시도하는 사회적 분위기가 만들어졌다. 이러한 과정에서 2002년에 한국문화콘텐츠진흥원[19]이

---

17 한국전산원에서 발간한 국가정보화백서가 1993년에도 있었던 것을 보면, 국가 차원에서 IT발전을 선도하기 위한 노력이 상당히 이른 시기부터 이루어졌음을 알 수 있다. 우리나라에서 국가 차원의 정보화가 활발해진 것은 1995년에 제정된 '정보화촉진기본법'을 기점으로 볼 수 있을 것이다. 이후 이 법은 '국가정보화기본법'으로 개정되었다(한국민족문화대백과, https://terms.naver.com/entry.naver?docId=2457096&cid=46637&categoryId=46637).

18 1998년 즈음에는 학교교육에 활용할 멀티미디어 개발이 활발하게 이루어졌으며, 당시 기대를 받던 광케이블 네트워크의 구축은 인터넷 매체를 학교교육에 도입할 가능성을 높이고 있었다. 그때부터 이미 전자교과서 논의가 이루어지고 있었으며, 한국교육학술정보원에서 개발한 사이버학습교재는 전자교과서의 실현을 예고하는 의미를 지니는 것이었다.

19 한국콘텐츠진흥원의 전신이다.

설립되고, 문화원형 디지털콘텐츠 사업이 추진되면서 문화콘텐츠 개발이 공식적 사업으로 추진되고, 연구도 활발해졌다고 할 수 있다. 그 결과는 현재 한국콘텐츠진흥원에서 개발, 운영하고 있는 문화콘텐츠닷컴[20]에 공유되고 있다.

그렇다면 문화원형은 무엇인가? 문화원형이라는 개념은 문화콘텐츠가 있기 때문에 존재하는 것이라 할 수 있다. 왜냐하면 문화원형이라는 용어에서, '원형'에 초점을 맞추어 보면 그리 새로울 것이 없는 개념이기도 때문이다. '원형'을 어구적으로 풀면 비슷한 것들이 나오게 된 본바탕, 밑그림, 모델 등을 의미하는데, 이러한 의미로 보면 문화원형은 많은 문화상품들, 문물들이 나오게 된 본바탕, 밑그림이라 할 수 있다.

표준국어대사전[21]에 제시된 원형의 문학적 정의는 다음과 같이 서술되어 있다.

"본능과 함께 유전적으로 갖추어지며 집단 무의식을 구성하는 보편적 상징. 민족이나 문화를 초월하여 신화, 전설, 문

---

20 문화콘텐츠닷컴의 홈페이지 주소는 'www.culturecontent.com'이다.
21 https://stdict.korean.go.kr/search/searchView.do

예, 의식 따위의 주제나 모티프로 되풀이되어 나타나는 것으로 오랜 역사 속에서 겪은 조상의 경험이 전형화되어 계승된 결과물이라고 할 수 있다."

위의 정의에서 원형은 앞서 보았던 본바탕, 밑그림의 의미와 같은 사용의 맥락과 관련된 것이 아니다. 문학적 정의로서의 원형 개념은 '유전적으로 갖추어지며'라고 한 것과 같이 조상으로부터 물려받는 것이고, '집단 무의식', '상징'과 같은 추상적인 것이며, 보편적인 것이다. 또한 다양한 문화 양식— 신화, 전설, 문예 등—에 되풀이되어 나타나는 반복적인 것이며, 개별적이고 구체적인 경험이 전형화된 것이고, '계승된 결과물'에서 볼 수 있듯 전통적, 역사적인 것이다.

이렇게 보면, 원형 용어의 문학적 정의에는 1)유전성, 2)상징성, 3)보편성, 4)반복성, 5)전형성, 6)전통성 등을 본질로 한다는 매우 다양하고 광범위한 의미가 내포되어 있다. 원형 개념에 이러한 다양한 의미가 포함되어 있는 맥락이 선행 연구를 참조해 보면 선명하게 드러난다.

그런데 문화원형이라는 개념어에는 '문화' 개념의 광범위함의 문제와 문화원형이라는 용어가 쓰이는 맥락의 다양성 문제 때문에 더욱 모호해진 문제가 있다. 우선 '문화'라는 용어만 보더라도 그 개념이 매우 광범위하다.

문화는 문물, 문명의 의미와 같이 인류가 발전해 오면서 이룬 것이라는 의미도 있지만, 사람들의 사고방식과 같은 눈에 보이지 않는 틀이라는 의미도 있고, 생활 방식이나 삶의 구체적 양태라는 인류학적 의미도 있다. 그런가 하면 전통문화와 같이 공동체의 역사에서 지키고 전승해야 할 가치 있는 어떤 것을 의미하기도 하고, 특정한 매체나 문화 양식이 만들어내는 예술적 산물을 의미하기도 한다. 이렇게 문화라는 개념만 놓고 보더라도 그 의미가 매우 넓다.

그러니 문화라는 개념어가 원형이라는 용어와 합쳐져서 만들어진 문화원형이라는 용어 역시 다양한 의미와 맥락을 지니는 것이 당연하다고까지 할 수 있을 것이다. 첫 번째로 문화원형의 개념을 전통문화와 관련지어 설명할 수 있다.

(가) "문화는 인류가 자연을 지배하고 순화시키면서 자신의 이상을 실현해 가는 과정에서 얻어낸 철학, 과학, 예술, 종교, 사회, 경제와 같은 모든 산물을 가리키는 말로 쓰인다. 또한 원형(原形, originality 또는 archetype)은 고유성과 정체성에 초점을 맞추어 '본디 모양'이라는 뜻이다. 따라서 '문화원형'은 전통문화 가운데 그 민족 또는 그 지역의 특징을 잘 담

고 있어서 다른 지역, 다른 민족과 구별되며 아울러 여러 가지로 갈라진 현재형의 본디 모습에 해당하는 문화를 뜻한다.

문화원형은 크게 정신적인 부분과 물질적인 부분으로 구분할 수 있으며, 정신적인 부분에는 학문, 예술, 종교나 한(恨), 풍류(風流) 같은 정서가 해당되고, 물질적인 부분에는 건축물이나 서적처럼 지금까지 전해져 오는 모든 물질적 요소들이 해당된다. 하지만 문화원형이 반드시 오래된 것만을 뜻하지는 않는다. 서구 세력과 갈등을 보였던 근대에서도 얼마든지 문화원형을 찾을 수 있다.[22] 이러한 문화원형, 전통문화유산은 현재 문화콘텐츠 창작을 위한 핵심 소재이자 21세기 지식산업사회의 새로운 자원으로 주목받고 있다."[23]

(나) "조금 더 폭넓은 정의로는 '전통문화 가운데 그 민족 또는 그 지역의 특징을 잘 담고 있어서 다른 지역, 다른 민족과 구별되며, 아울러 여러 가지로 갈라진 현재형의 본디 모습에 해당하는 문화'를 지칭하기도 한다."[24]

---

22 김교빈, 「문화원형의 개념과 활용」, 『인문콘텐츠』 제6호, 2005, 7-15쪽.

23 이훈익, 「문화콘텐츠 창작소재로서의 문화원형 연구－《2003경주세계문화엑스포》 주제영상 〈천마의 꿈〉을 중심으로」, 『문화예술콘텐츠』 창간호, 한국문화콘텐츠학회, 2008, 320쪽.

24 정책기획위원회, 『한국 전통문화원형콘텐츠 개발 방안연구』, 2007, 50-51쪽.

(다) "한국 문화원형은 민족문화의 고유성을 규명할 수 있는 영역으로 공간, 시간, 문화주체, 사상, 예술, 생활, 과학기술 부분이 모두 해당되며 글로벌 문화원형은 동양사회에서 일반화된 상징, 종교, 정서(恨의 개념), 문화 현상 부분이 모두 해당되는데 이를 분야별로 나누어 본다면, 신화와 전설, 건축양식, 무예, 복식, 음향 및 연주, 소리, 미술, 문양, 도깨비 등이 될 수 있다. 활용별로 나누어 본다면, 시나리오, 전체 배경, 캐릭터, 소품 구성 등 문화콘텐츠에서 실제적인 내용을 구성하는 모든 것이 포함된다."[25]

위에서 인용한 부분들에서 문화에 대해 민족문화나 전통문화의 범주로 접근하고, 이에 따라 문화원형을 민족 고유의 것 혹은 전통문화 속에 담긴 변별적이면서도 본래적인 특성으로 간주하고 있음을 알 수 있다. 이러한 의미의 문화원형은 단지 고전소설 속에만 있다고 할 수는 없다. 다시 말해, 고전소설뿐만 아니라 한국적인 것 혹은 한국의 전통문화를 드러내는 모든 종류의 문화유산, 예컨대 문화유적, 의상, 음

---

25 우정희, 「문화원형사업의 실태와 영역구분에 대한 연구」, 『한국정책학회 추계발표 논문집』, 2006, 3쪽.

식, 음악, 서적 등등이 문화원형이 될 수 있다. 이러한 문화유산들이 문화콘텐츠를 생산하는 데 활용된다면 그것을 문화원형이라 할 수 있는 것이다.

그런데 문화원형을 보다 심층적인 심리 혹은 정신으로 보는 경향도 있다. 이는 융(Jung)이 말하는 집단적 무의식을 원용하여 문화원형의 개념이 그 실제적 내용이라고 본다. 이러한 관점에서 본다면 문화원형은 비단 문화유산, 고전문학작품과 같은 문화현상으로 드러나는 것이 아니더라도 의식이나 무의식 범주에 해당한다. 그래서 문화원형을 논하기 위해서는 어떤 문화현상에 담긴 원형을 찾아야 하는 과제가 다시 생긴다.[26] 예를 들어 고전소설 작품이 그 자체로 문화원형이 된다기보다는 그 작품에 담긴 어떤 것이 문화원형일 것이므로, 그 고전소설에서 문화원형이 되는 요소나 구조를 찾아 도출해야 한다.

한편 원형이라는 개념이 가진 단순성과 고유성 때문인지 문화원형이라고 지칭할 때에는 문학 양식 중에서도 설화문

---

26 어떤 논자는 이러한 관점이 문화원형을 집단무의식과 동렬에 놓는 문제점을 갖고 있고, 창작 소재를 문화원형이라 부르는 문제를 낳았다고 지적한다(고운기, 「문화원형의 의의와 삼국유사」, 『한문학보』 24, 우리한문학회, 2011, 6-7쪽).

학을 가리키는 경우가 많다.

　"문화원형은 '원형(Archetype)'에서 파생된 용어로 한국의 문화콘텐츠 연구에서 중요하게 다루어지고 있는 개념이다. 문화원형이라는 단어가 처음 등장한 것은 1999년 2월 제정된 문화산업진흥기본법의 제31조 4항 제8호와 제10호에 명시되면서부터이다. 문화원형은 국내에서 주로 사용되는 용어로, 해외에서는 문화콘텐츠의 기반이 되는 핵심적인 리소스를 통칭하는 별도의 용어가 존재하지 않으면, 신화·전설·민담 및 각각의 작품명을 직접 칭하는 것으로 이를 대신한다."[27]

　이와 같은 문화원형의 개념 정의는 몇몇 사례에 해당하는 것일 뿐이라 할지는 모르나 문화원형에 대한 관점이 연구자에 따라서, 관련된 문화콘텐츠분야가 어디인지에 따라서 달라질 수 있음을 말해준다.
　한편 한국문화콘텐츠진흥원에서는 문화원형의 요소를 다음과 같은 세 가지로 제시한다.

27　진운성, 「충북지역 문화원형을 활용한 문화콘텐츠 개발방안 연구」, 청주대학교 석사학위논문, 2019, 15쪽.

　　　　　　　　　　　　　고전소설과 문화콘텐츠

"첫째, 시대적 자극과 충돌을 겪으면서 외면적으로 변화하기도 하지만 내면적으로 비슷한 유형의 본성을 유지하는 것

둘째, 문화정체성을 형성하는 근간으로 고대부터 현재까지 문화적 저류로 지속하면서 특수한 역사적 조건, 생태적·시대적 환경에 따라 다양한 형태의 문화를 생산해 내는 문화 생성의 힘

셋째, 신화, 전설, 민담, 노래, 언어, 예술, 문학 작품 등에서 드러나거나 놀이, 의례, 말, 풍속 등에 나타나는 공통된 행동 유형 등"[28]

위의 세 가지 조건에서 알 수 있는 문화원형의 요건은 1)전통성, 2)문화정체성의 근간, 3)문화의 공통 유형 등이다. 전통성 요건은 시간이 흘러도 내적으로 유지되는 본성으로, 전통문화를 고려한 것으로 보인다. 문화정체성 요건은 새로운 문화를 생산해 내는 근간으로 작용하는 힘을 의미한다. 그리고 공통성 요건은 여러 문화 양식들에서 발견되는 양식적, 작품 내적 틀이라 할 수 있다.

---

[28] 한국문화콘텐츠진흥원, 『우리 문화원형의 디지털 콘텐츠화 사업 종합계획』, 2005, 21쪽.

문화원형이 문화콘텐츠에서 중요한 개념인 이유는 문화콘텐츠 생산의 기본 틀이자 문화 지속성과 전통성으로 작용하는 힘이기 때문이다. 그래서 문화콘텐츠 개발에서 의미 있는 문화원형의 성격은 구성원 간의 공유라는 특질로 정리할 수 있다.[29]

문화원형에서 원형성은 고전소설, 한국 설화와 같은 이야기 요소뿐만 아니라 정서, 흥미성 등의 감정, 분위기와 같은 요소도 포함될 수 있다. 그리고 문화원형은 그 원형성 때문에 각종 문화콘텐츠로 다양하게 활용될 수 있는 가능성이 있다. 이를 마케팅 분야에서는 '원 소스 멀티유스(one source multi-use)'라고 명명한다. 백과사전에 제시된 '원 소스 멀티유스(one source multi-use)'의 정의는 다음과 같다.

---

29 한 논자는 이러한 성격을 1)국가 혹은 민족의 구성원이 의식적, 무의식적으로 공유하거나 공감하고 있는 물질적, 정신적 원형, 2)공시적 합의와 통시적 합의가 동시에 전제되는 오랫동안 지속적으로 전승되거나 존재하는 요소로, 문화유산(유물), 문화관습, 설화에서 발견되는 공유서사 등, 3)국가, 민족을 기반으로 하는 것이지만 세계 전체에 적용될 수도 있고 한 마을이나 특정 공동체만 적용될 수도 있는 집단 내의 공통성 등으로 제시하기도 하였다(임소연, 「문화원형을 창작소재로 한 개발사례 연구 : 드라마 〈조선과학 수사대 '별순검'〉을 중심으로」, 중앙대학교 예술대학원 석사학위논문, 2010, 6쪽).

고전소설과 문화콘텐츠

"하나의 소재를 서로 다른 장르에 적용하여 파급효과를 노리는 마케팅 전략.

 이 전략은 문화산업재의 온라인화와 디지털 콘텐츠화가 급진전되면서 각 문화상품의 장르 간 장벽이 허물어지고 매체간 이동이 용이해짐에 따라 하나의 소재(one source)로 다양한 상품(multi-use)을 개발, 배급할 경우에 시장에서의 시너지효과가 크다는 판단에 따른 것이다. 근래에는 창구효과가 큰 문화산업의 특성에 맞추어 아예 기획 단계부터 영화·게임·애니메이션·캐릭터 등을 망라하는 문화콘텐츠를 개발하여 그 효과의 극대화를 꾀하는 추세이다. 미국에서는 미디어 프랜차이즈(Media Franchise)라는 이름으로, 일본에서는 미디어 믹스(Media Mix)라는 이름으로 통용되고 있다.

 특히 하나의 인기 소재만 있으면 추가적 비용부담을 최소화하면서 다른 상품으로 전환해 높은 부가가치를 얻을 수 있다는 점에서 각광받고 있다. 또한 관련 상품과 매체를 체계적으로 관리할 수 있어 저렴한 마케팅 및 홍보 비용으로 큰 효과를 누릴 수 있다는 장점이 있다."[30]

---

30 두산백과 https://terms.naver.com/entry.nhn?docId=1212678&cid=40942&categoryId=31915

원 소스 멀티유스가 문화 산업에서 각광을 받는 이유는 하나의 소재가 다양한 종류의 상품 생산에 활용되는 방식으로 인해 그 소재가 가진 대중적 인기가 자연스럽고도 효과적으로 확산할 수 있기 때문이다. 예를 들어 심청이라는 캐릭터를 활용하여 심청이 나오는 드라마를 제작할 수도 있고, 심청의 모습을 형상화하여 만화나 웹툰으로도 제작할 수 있으며, 심청의 이야기로 애니메이션을 제작하기도 하고, 심청을 중심인물로 한 게임을 개발할 수도 있다. 이러한 양상이 바로 원 소스 멀티유스이다. 〈심청전〉이라는 고전소설에 등장하는 심청이라는 인물은 하나의 소스이지만 드라마, 만화, 웹툰, 애니메이션, 게임 등 다양한 문화콘텐츠 양식이 제작되는 데 활용된 것이다.

그런데 아직까지도 원 소스, 즉 다양한 활용성을 지닐 수 있는 자원으로서의 소재에 대한 충분한 탐구가 이루어지지 않은 것으로 보인다. 물론 그 사이에 고전소설 캐릭터에 대한 정리도 이루어지고, 문화콘텐츠의 소재가 될 만한 이야기에 대한 관심도 증가하였다고 할 수 있다. 그렇지만 앞으로 발굴되어야 할 자원으로서의 원 소스, 문화원형은 아직 많이 남아 있다고 할 수 있다.

원 소스에 대한 탐구가 제대로 이루어지지 않는 이유를

김탁환은 세 가지 오해에서 찾았는데, 그것은 1)원 소스를 단순히 이야기의 소재로 보고 제대로 된 연구 없이 접근하기 때문, 2)원 소스를 지나치게 즉흥적인 아이디어나 감정으로 보기 때문, 3) 원 소스를 이미 확정되어 완성된 것으로 보고 단순히 차용하려 하기 때문이라 하였다.[31]

이러한 문화원형을 '멀티 유스'할 수 있는 '원 소스'로 접근하는 것에 대한 지적을 문화콘텐츠 관련 종사자들이 고려하고 수용할 필요가 있다. 정작 문화원형에 대한 탐구나 분석 없이 단순한 차용을 시도하거나 즉흥적 관심만 유도하는 데 그치는 것으로 인해 결과적으로는 문화콘텐츠 생산의 결과가 실패로 끝날 수도 있기 때문이다. 이런 맥락에서 앞으로 고전소설 속에 담긴 다양하고 풍부한 원 소스를 개발하고 그 분석 결과를 축적하는 작업이 더욱 적극적으로 이루어질 수 있어야 할 것이다.

◈ 문화콘텐츠의 개념

문화콘텐츠의 개념은 이 용어의 등장과 함께 다양한 의미

---

31 김탁환, 「디지털 콘텐츠와 고전-원 소스 만들기를 중심으로」, 『한국문예창작』 4권 2호, 한국문예창작학회, 2009, 232-235쪽.

로 폭넓은 분야를 포괄하며 사용되었다고 할 수 있다. 문화
콘텐츠의 개념과 양상만으로도 학위논문의 주제가 될 수 있
다는 점에서 문화콘텐츠라는 용어가 얼마나 포괄적으로 사
용되는지, 그리고 연구 대상으로서 문화콘텐츠가 얼마나 중
요한지 알 수 있다.

문화콘텐츠라 할 때에는 일반적으로 대중예술 문화의 각
종 양식을 포괄하는 의미로 사용하지만, 그렇다고 하여 문화
콘텐츠라는 개념이 고급예술의 대립항으로서만 성립하는 것
은 아니다. 이러한 설명을 부가하는 것은 기존의 문화 연구
에서 대중예술에 대해 단지 다수가 즐기는 예술이라는 의미
뿐만 아니라 하층의 예술, 저급한 속성을 지닌 예술이라는
의미를 지니는 것으로도 보았기 때문이다. 그런데 문화콘텐
츠라 할 때에는 고급예술문화의 양식 역시 포함될 수 있다는
점에서 문화콘텐츠라는 용어는 대중예술, 대중문화 등의 용
어에 비해 가치중립적이라 판단된다.

그래서 문화콘텐츠라는 용어는 문화상품이나 문화예술의
하위 콘텐츠 모두를 가리키는 것으로도 이해할 수 있다. 그
런 점에서 문화콘텐츠의 의미는 매우 추상적인 것이라 할 수
도 있으며, 개별 양식 한두 가지를 특정하여 한정할 수 없을
만큼 다양하고, 계속하여 새로운 양식이 탄생되는 과정 중에

고전소설과 문화콘텐츠

있는 현재진행형의 개념이라 할 수 있다.

　그렇다면 문화콘텐츠는 어떻게 정의되어 왔을까? 문화콘
텐츠의 개념을 정의할 때 "한 집단이 보편적으로 가지고 있
는 특수한 행동 양식을 내용물로 하여 매체에 담아낸 것"[32]
과 같이 아주 간단하게 할 수도 있다. 그런가 하면 다음과
같이 좀 더 상세화하여 정의하기도 한다.

　　(가) "문화콘텐츠란 곧 문화의 원형(original form + arche-
　　type) 또는 문화적 요소를 발굴하고 그 속에 담긴 의미와 가
　　치(원형성, 잠재성, 활용성)를 찾아내어 매체(on-off line)에 결
　　합하는 새로운 문화의 창조 과정이다."[33]

　　(나) "문화콘텐츠란 한마디로 콘텐츠를 담는 그릇들이자
　　다양하게 활용하는 도구들, 예컨대 방송이나 영화, 게임, 공
　　연 등을 말합니다. 과거 이것들은 '대중매체'라 불렸으나, 디
　　지털 시대의 도래로 각자의 매체들이 서로 융합되어 하나의
　　거대한 산업화가 됨에 따라 문화콘텐츠란 신조어를 사용하
　　고 있습니다. 그러므로 콘텐츠와 마찬가지로 문화콘텐츠란

32　김태림, 「고전·문화콘텐츠 연구 현황과 전망」, 경희대학교 대학원
　　석사학위논문, 2019, 5쪽.
33　최연구, 『문화콘텐츠란 무엇인가』, 살림출판사, 2006, 58쪽.

용어 속에도 다양한 활용가능성을 담보하고 있다고 할 수 있습니다."[34]

(가)와 (나)의 정의에서 눈여겨 볼 점은 문화콘텐츠의 내용에 대한 언급이다. 문화콘텐츠의 내용에 해당하는 것을 (가)에서는 문화 원형이나 문화적 요소로 제시하고 있고, (나)에서는 콘텐츠에 해당하는 것은 무엇이든 될 수 있는 것이라고 하였다. 이러한 차이는 문화콘텐츠의 내용으로서 원형을 상정하는가 하지 않는가에 있다 하겠다. (가)에 비해 문화콘텐츠의 내용을 특별히 규정하지 않고 있는 (나)의 관점이 문화콘텐츠에 대해 더욱 폭넓게 접근하고 있다고 할 수 있다.

그렇다면 문화콘텐츠라는 개념은 그 내용적 요소보다 양식성 혹은 도구성, 매체성에 핵심이 있다고 할 수 있다. 그래서 다음과 같이 문화콘텐츠를 폭넓게 보는 관점에서 개념화할 수 있다.

---

34 정창권, 『문화콘텐츠학 강의(깊이 이해하기)』, 커뮤니케이션북스, 2007, 14쪽.

고전소설과 문화콘텐츠

"흔히 문화콘텐츠 장르로 이해되는 것들은 전부 문화적 내용물이다. 그러므로 축제콘텐츠는 문화콘텐츠이며, 영화콘텐츠도 문화콘텐츠이다. 다만 이러한 문화콘텐츠의 개념을 좀 더 세분하여 이해하면 된다. 즉 문화적 내용물을 기본적으로 문화콘텐츠라고 하는데, 그러한 문화적 내용물도 콘텐츠의 층위만큼 여러 층위가 있는 것이다."[35]

이러한 문화콘텐츠 개념 정의의 맥락은 문화콘텐츠에 대해 다양성과 포괄성의 관점에서 보고자 하는 것이라 할 수 있다. 그래서 경우에 따라 문화콘텐츠를 결과물로서만이 아니라 향유 과정으로서도 볼 수 있다는 것이다. 이는 문화콘텐츠에 대해 폭넓게 접근해야 함을 제안하며 문화콘텐츠 속에 여러 차원과 종류의 양식이 포괄될 수 있음을 인정하자는 관점이라 할 수 있다.

이렇게 보면, 문화콘텐츠의 개념에서 그 내용은 문화적이면 되는 것이며 그 형식은 문화적으로 표현될 수 있는 모든 종류의 것이 될 수 있다고 할 수 있다. 다시 말하면 문화콘

---

35 김기덕, 「문화콘텐츠의 등장과 인문학의 역할」, 『인문콘텐츠』 28, 인문콘텐츠학회, 2013, 19쪽.

텐츠라는 개념이 반드시 문화원형을 전제로 존립하는 것은 아니며, 문화콘텐츠의 양식은 다층적이고 포괄적으로 정리될 수 있다.

"이미 알려진 대로, 문화콘텐츠라는 용어는 '내용물'이라는 뜻에서 출발했다. 기왕에 범주화되어 있던 문화자원이라는 개념에 가깝다고 할 수 있다. 그런데 이 문화자원이 시대를 거치면서 디지털 시대를 맞아 문화콘텐츠라는 새로운 용어로 탄생된 셈이다. 문화자원이 디지털적 사유방식을 포함하는 개념으로 정착되어왔다는 뜻이다. 곧, 디지털이라는 그릇에 담길 내용의 의미를 넘어, 디지털콘텐츠를 규정하는 토대로 구축되어 왔던 것이다.…(중략)…그러나 디지털 기술이 문화콘텐츠라는 용어를 탄생시킨 배경이기는 하였으나, 근래에 문화콘텐츠의 범주가 비디지털로 확대되는 경향을 보이고 있다. 다시 말해 문화콘텐츠의 외연을 온라인, 에어라인을 포함한 오프라인의 다양한 형태로 확장시키고 있다는 것이다. 이는 각종 축제나 오프라인 콘텐츠들을 문화자원이라고 불렀던 1980~1990년대를 돌아보게 한다. 이것은 디지털 기반의 생산물이라는 개념으로 한정되었던 것이 기왕의 문화자원이라는 의미로 확대되고 있음을 말해준다. 다시 말해서 근래 들어 탄생한 문화콘텐츠라는 용어가 문화자원의 의미로 확대 사용되고 있다는 것이다."[36]

위에서 설명하는 문화콘텐츠 개념의 범위와 사용 맥락으로 보면, 문화콘텐츠가 디지털 기술과 밀접한 관련이 있기는 하지만 인터넷 매체와 같은 컴퓨터 관련 기술에서 탄생하는 온라인 기반의 양식뿐만 아니라 오프라인 문화와 관련된 양식까지 아우르는 개념임을 알 수 있다. 그리고 그러한 개념으로서 문화콘텐츠의 의미는 개별 작품, 개별 양식의 범위에서 나아가 문화자원으로까지 확대되고 있다.

이러한 문화콘텐츠 개념의 변화와 확장의 양상은 앞으로 이제까지 이루어진 것보다 훨씬 파격적으로 이루어질 가능성이 높다. 그것은 문화콘텐츠와 관련된 각종 기술의 발전이 우리의 기대와 상상의 폭을 넘어서고 있기 때문이다. 그렇게 문화콘텐츠의 개념이 확장되고 달라진다 할지라도 고전소설이 문화콘텐츠의 원형이자 재료, 자원으로서 지니는 가치와 가능성은 달라지지 않으리라 예상된다. 오히려 그렇게 다변

---

36 이윤선, 『민속문화 기반의 문화콘텐츠 기획론』, 민속원, 2006, 18-20쪽.

화하는 문화콘텐츠의 양식과 존재 방식 속에서 고전소설이 제공하는 다양한 이야기거리와 재미, 흥미의 요소는 더욱 빛을 발하게 될 것이다.

◈ 4차 산업혁명 시대 문화콘텐츠의 원형으로서의 고전소설

문화콘텐츠라는 개념은 기본적으로 현대 사회의 기술 발전, 특히 매체 발달, 그 중에서도 디지털 기술과 깊이 관련되어 있다. 물론 공연이나 축제, 전시와 같은 연행 양식의 경우에 기술 발전과 좀 거리가 있다고 할지 모르겠으나, 이들 연행 양식 역시 매체 발달에 따라 그 방식과 모습이 달라졌다고 할 수 있어서 이러한 기술 발전과 관련이 있는 것은 마찬가지라 할 수 있을 것이다. 이제 사회는 4차 산업혁명 시대를 맞이하여 이제까지의 기술 발전과는 궤를 달리하는 변화를 맞이할 것으로 예견된다. 그래서 문화콘텐츠의 하위 양식은 더욱 세분화되고 다양해질 것으로 예상되며, 문화콘텐츠의 범위 역시 더욱 확장될 것으로 기대된다.

이러한 상황에서 문화콘텐츠의 시대와는 아주 거리가 멀어 어울리지 않게 느껴질 듯한 고전소설이 문화콘텐츠의 발달과 새로운 문화 창조에 기여할 가능성이 있다고 하는 것은 역설적이기까지 하다. 그렇지만 이제까지의 문화콘텐츠 생산이나 향유 양상으로 볼 때 문화콘텐츠 분야에 고전소설이 기여할 가능성은 지극히 크다고 할 수 있다. 오히려 지금까지 문화콘텐츠 개발에서 고전소설의 활용이 제한적이었고 부분적이었다 할 수 있으며, 그래서 앞으로 문화콘텐츠 분야에서 고전소설의 활용 가능성은 더욱 크다 할 수 있을 것이다.

현재의 기술 발달 수준으로 보면 가상현실과 실제 현실과의 융합이 너무나 자연스러워져서 어디가 가상현실이고 어디고 실제 현실인지 구분이 안 되고, 실제와 가상을 구분할 필요가 없어질 시대가 올 것으로 예상된다. 소위 4차 산업혁명이라는 기술의 발전은 이제까지 개발된 기술, 그중에서도 정보처리 기술, 디지털 기술이 차원을 달리하여 발달함으로써 우리가 이제까지 상상했던 것보다 훨씬 더 큰 삶의 변화를 가져올 것으로 보인다.

4차 산업혁명과 관련하여 대표적으로 드는 기술 영역은 인공지능, 가상현실, 사물인터넷 등이다. 이러한 기술들이 예전의 정보기술과 다른 점이 있다면, 우리의 실제적 삶의 현실에 이 기술들이 투입되어 생활문화에 변화를 일으킨다는 것이다. 예를 들어 텔레비전 채널을 인공지능이 검색해준다든지, 거실 옆 로봇이 나의 외로움을 달래줄 음악을 들려준다든지, 내가 일어날 시간에 맞추어 집안의 전등에 불이 켜진다든지 하는 것 등이다. 이러한 생활에의 정보기술 적용은 이미 이루어지고 있다.

이렇게 발달된 정보통신기술로 인한 디지털화가 일으키는 우리 삶의 변화는 한마디로 말하면 가상과 실제 현실의 융복합이 본격화되면서 생긴 것이다. 처음 인터넷이라는 매체 기술이 등장하고 본격화될 때에는 인터넷을 통해 생긴 공간이나 문화는 사이버공간, 사이버문화, 가상공간, 가상현실 등 실제 현실이 아니라는 의미가 담긴 용어로 지칭하였다. 그런데 이제는 가상현실이 실제 현실에 통합됨으로써 더이상 가상의 것이 아니게 되었다. 4차 산업혁명 시대에서 활용되는 매체 기술은 현실과 가상공간을 엮어내고 섞어버림으로써 어디까지가 가상이고 어디까지가 실제인지 분간하기가 어렵게 된 것이다.

이렇게 기술의 발전이 혁신을 일으키면서 문화콘텐츠의 영역에도 큰 변화와 발전이 일어날 것으로 예상된다. 그리고 문화콘텐츠를 구성할 기본 서사, 원형에 대해 여전히 목말라 할 것이다. 매체 기술이 발전하고 새로운 문화콘텐츠 양식이 나타나면서 그 내용을 구성할 자료는 더욱 절실히 필요해질 것이기 때문이다. 어떠한 문화 양식이든 새로운 형식을 채울 적절한 내용을 찾지 못한다면 존재하기 어렵다. 새로운 문화 콘텐츠 양식이 등장할 때에는 양식 자체가 가지는 새로움 때문에 주목받을 수 있을지 모르지만, 그 단계가 지나고 나면 그 내용이 주목할 만한 것이 아니면 버려진다. 새로운 문화 콘텐츠 양식은 새로운 기술에 의존하고 있기에 내용보다는 형식이 두드러진다. 그렇지만 그 새로운 기술이 확산되고 나면 형식의 새로움이 주는 즐거움이 반감되기 마련이다.

4차 산업혁명으로 인한 문화콘텐츠의 변화를 생각하면, 이제까지의 양식보다 더욱 다양화되고 신기하고 놀라운 양식들이 등장할 것으로 기대된다. 그러한 상황이 되면 문화콘텐츠 내용으로서 고전소설이 활용될 가능성은 훨씬 커질 것이다.

"문화콘텐츠의 분야는 출판과 만화, 방송, 영화, 애니메이션, 게임, 캐릭터, 공연, 음반, 전시, 축제, 여행, 디지털콘텐츠(데이터베이스, 에듀테인먼트, 인터넷콘텐츠), 모바일 등 최소한 16가지 이상의 분야가 있습니다. …(중략)… 문화콘텐츠의 분야는 대단히 많지만, 그 유형을 분류해 보면 크게 오락 산업과 지식·정보화 산업으로 나눌 수 있습니다. 먼저 오락(엔

터테인먼트) 산업은 재미와 감동을 추구하는 것으로, 방송·영화·게임 등 거의 대부분을 차지하고 있습니다. 이 분야는 날이 갈수록 점점 거대화되고 있는데, 특히 요즘 그것들은 원소스 멀티유즈 방식으로 고부가 가치를 창출하고 있습니다. 다음으로 지식·정보화(인포메이션) 산업은 주어진 정보를 가공·배치·편집하여 종합적인 데이터베이스를 구축하는 것으로, 각종 디지털콘텐츠가 이에 해당합니다."[37]

위의 인용문에서 열거하였듯이, 문화콘텐츠의 분야나 하위 양식은 최소 16가지라 할 정도로 이미 많이 존재한다. 그렇지만 앞으로 개발되고 발전될 기술에 따라 더욱 다양하고 많은 분야나 양식이 등장할 것이다.

"현재 문화원형을 중심으로 한 다양한 문화콘텐츠의 개발이 진행되고 있고, 이를 토대로 새로운 문화 브랜드(Brand)를 창조한다고 할 수 있다. 문화원형 콘텐츠의 중심이 되고 있는 문화원형의 개념은 가시성을 가지고 있는 유형적인 문화유산

---

37 정창권, 『문화콘텐츠학 강의(깊이 이해하기)』, 커뮤니케이션북스, 2007, 16-17쪽.

고전소설과 문화콘텐츠

이나 그에 대한 원형이 있기도 하지만, 비가시적 성격을 가진 다양한 원형들이 존재한다. 우리나라에서는 가시적, 비가시적인 문화원형을 중심으로 한 다양한 콘텐츠를 개발하는 것으로 유추해 볼 수 있다."[38]

위에서 보듯, 이제 문화콘텐츠는 개별 단위 작품 개념에서 나아가 문화 브랜드로까지 발전하고 있다. 위에서 말하는 문화원형은 문화콘텐츠의 소재가 될 수 있는 모든 종류의 원형을 상정하고 있기에, 비단 고전소설만 해당하는 것은 아니다. 그렇지만 고전소설이 가진 다양한 종류의 서사나 요소가 문화콘텐츠의 원형으로 기능할 수 있는 것이다.

◈ 문화콘텐츠와 고전소설의 다원적 관계짓기 모색

문화콘텐츠와 고전소설을 관련지으면서 연구하는 관점에서 특정한 하나의 고전소설 작품이 가진 요소를 문화콘텐츠화하는 방향뿐만 아니라 제작된 문화콘텐츠에서 고전소설적 요소를 찾는 작업 또한 필요하다. 이는 창의적이고 훌륭한

---

38 진운성, 「충북지역 문화원형을 활용한 문화콘텐츠 개발방안 연구」, 청주대학교 석사학위논문, 2019, 16쪽.

문화콘텐츠가 특정한 하나의 고전소설을 현대화하는 방식만으로 만들어지지는 않기 때문이다. 또한 문화콘텐츠를 제작하는 입장에서 특정한 고전소설을 바탕으로 하였음을 표방하지는 않았으나 고전소설적 요소를 활용하고 있는 경우도 있기 때문이다.[39]

이러한 시각은 지금까지 문화콘텐츠와 고전소설을 관련짓는 연구에서 상대적으로 간과된 것이기도 하다. 이제까지 이루어진 연구들을 정리해 보면, 대부분은 특정한 설화나 고전소설 작품이 어떤 문화콘텐츠의 바탕이 된다든가, 새로운 문화콘텐츠가 기존의 고전소설 작품을 어떻게 변용하여 제작되었는가에 초점을 두고 분석하고 있다. 그렇지만, 현대의 많은 문화콘텐츠가 특정한 하나의 작품을 바탕으로 이루어지지는 않으며, 최근 제작된 문화콘텐츠일수록 다양한 작품을 수용하여 새로움이나 대중성을 추구하는 경향이 있는 것이 파악된다.

---

39 이러한 관점에서 필자가 고전소설과 문화콘텐츠를 관련시켜 본 연구가 '「문화원형으로서의 고전소설 탐색 - 〈시실리 2Km〉를 중심으로」, 『문학교육학』 64, 문학교육학회, 2019'이다. 〈시실리 2Km〉라는 영화는 특별히 어떤 고전소설 작품을 바탕으로 하고 있다고 표방하고 있지 않다. 그럼에도 불구하고, 이 영화에서 여러 고전소설 작품의 서사를 발견하게 된다는 것이 흥미롭다.

다른 한편으로 중요한 문제는 우리의 고전소설 작품들 중에서 문화원형을 어떻게 찾아내고 구조화할 것인가 하는 것이다. 이제까지 많은 연구자들이 언급한 것도 많은 고전소설 작품들에서 어떠한 캐릭터, 어떠한 서사 요소를 문화콘텐츠 제작에 활용할 수 있을지에 대한 고민이 부족하다는 것이고, 이는 깊이 있고 폭넓은 고전소설 작품의 연구 결과가 정리되어야 가능한 부분이다.

이러한 문제는 문화콘텐츠를 제작하는 측면에서든, 고전소설과 관련지어 연구를 하는 측면에서든 다양한 매체 양식을 고려하고 문화콘텐츠와 고전소설과의 다차원적 융합이 필요하다는 것을 환기한다. 김태림[40]은 고전문학과 관련된 문화콘텐츠 연구사를 정리하면서 이제까지의 연구에서 개별적인 콘텐츠를 중심으로 분석이 이루어지기는 하였으나 다양한 매체를 섭렵하지는 못하고 있음을 지적하고 있는데, 바로 이러한 문제를 해소하는 방향으로 문화콘텐츠 제작이 이루어질 필요가 있는 것이다. 문화콘텐츠가 제작되는 영역이나 연구가 이루어지는 대부분의 분야가 영상 콘텐츠와 관련

---

40 김태림, 「고전·문화콘텐츠 연구 현황과 전망」, 경희대학교 대학원 석사학위논문, 2019, 20쪽.

이 되고 있어, 상대적으로 다른 매체 양식, 예컨대 게임이나 웹툰, 광고등에 대한 관심이 적은 것이 사실이다. 따라서 앞으로는 다양한 매체의 콘텐츠로 연구자들의 관심이 확대될 필요가 있다.

3. 고전소설과 문화콘텐츠 관련 연구 검토

고전소설과 문화콘텐츠를 관련짓는 연구의 시각은 1)고전소설에서 서사적 원형성을 찾아 현대의 문화콘텐츠로 제작할 가능성을 타진하는 연구, 2)고전소설의 인물이나 사건을 토대로 문화콘텐츠 생산 방법론을 제시하는 연구, 3)구체적인 고전소설 작품과 문화콘텐츠를 비교하여 분석하는 연구, 4)고전소설과 문화콘텐츠를 관련지음으로써 고전소설교육이나 문학교육의 내용을 마련하는 연구 등으로 나누어 볼 수 있다.

21세기에 접어들면서 급속도로 성장한 컴퓨터와 인터넷 관련 산업의 영향으로 인문사회 분야에서도 소위 문화콘텐츠에 대한 관심이 커졌다. 문화콘텐츠는 단순한 산업 분야의 관심사가 아니라 고전소설과 같은 인문학 연구의 확장으로

고전소설과 문화콘텐츠

서 부상하였다. 이는 고전소설 연구 영역에서는 현대 문화와 고전소설, 인문학 연구를 관련지을 수 있는 계기가 되는 것이었고, 산업 분야에서는 문화콘텐츠의 기반 내용으로서 고전소설, 인문학 연구를 활용할 수 있다는 것이었다.

이러한 문화콘텐츠 산업의 발달과 함께 고전소설에 대해 문화콘텐츠 측면에서 접근하는 연구도 활성화되어 왔다. 그렇지만, 문화콘텐츠의 영역이 매우 넓기도 하고, 문화콘텐츠 범주 내의 하위 속성도 지속적으로 변화하는 것이어서 아직까지도 연구의 필요성이 제기되는 상황이다.

교육 분야에서도 고전소설과 문화콘텐츠를 관련짓는 관점에 대한 요구가 있다. 이는 현대의 학습자들이 문화콘텐츠에 대한 관심이 많은 이유와 관련이 있기도 하고, 교육의 효율과 효과를 고려한 새로운 시도의 필요와 관련이 있기도 하다. 고전소설에 대한 문화콘텐츠 측면에서의 접근은 오래된 소설인 고전소설을 흥미롭게 읽을 수 있는 관점을 제공하면서 효과적인 교육의 방법이 되기도 하기 때문이다.

여기에서는 문화콘텐츠와 관련된 선행 연구를 학위논문을 중심으로 하여 대략적으로 검토해 보고자 한다. 앞서 논의하는 과정에서 알 수 있었듯이 문화콘텐츠는 문화산업과 관련된다. 그래서 문화콘텐츠와 관련된 연구는 문화예술의 속성에 대한 연구뿐만 아니라 문화콘텐츠를 생산하는 기업에 대한 연구, 문화콘텐츠를 수용하는 다양한 나라와 대중에 대한 연구, 제작된 문화콘텐츠를 활용하는 실제적인 분야 등 매우 폭넓은 분야에서 다각적으로 시도된다. 이에 이 절에서는 고전소설과 문화콘텐츠와 관련되는 연구 결과물로 한정지어 몇몇 연구들을 검토해 보고자 한다.

고전문학과 관련된 문화콘텐츠 연구에 대한 종합적 정리가 학위논문으로도 이루어진 바 있다.[41] 이는 그만큼 문화콘텐츠와 관련된 연구가 축적되었음을 말해준다 하겠다.

조한익[42]의 연구는 문화콘텐츠가 산업으로 자리잡으면서 확산되는 시점에서 문화원형을 이용한 문화콘텐츠산업에 대한 연구들을 계량서지학적 기법으로 분석하였다. 이 논문에

---

[41] 조한익, 「문화콘텐츠 연구동향 분석」, 중앙대학교 대학원 석사학위논문, 2011.
김태림, 「고전·문화콘텐츠 연구 현황과 전망」, 경희대학교 대학원 석사학위논문, 2019.
이들 연구 이전에는 윤종선(「문화콘텐츠로서 고전문학의 연구 현황과 전망」, 『어문학』 103, 어문학회, 2009)에 의해 정리되기도 하였다.
시기적으로 볼 때, 그간 새로운 문화콘텐츠 생산과 연구가 활발하였다는 점을 고려할 때 이러한 종합적 접근이 필요하고 시의적절하다고 판단된다.

[42] 조한익, 「문화콘텐츠 연구동향 분석」, 중앙대학교 대학원 석사학위논문, 2011.

서는 문화콘텐츠에 대해 산업화, 문화원형 활용, 문화예술 분야로 나누어 연구의 동향을 파악하고 있다. 석·박사학위 논문 1,484건을 검색하여 추이를 파악하는 방식으로 접근하였는데, 산업부분 하위분야를 출판, 만화, 음악, 게임, 영화, 애니메이션, 방송, 광고, 캐릭터, 지식정보, 콘텐츠솔루션, 공연예술의 12개 분야로 나누어 연구의 동향을 살폈다. 문화원형 분야에서는 '문화콘텐츠'와 '무예'가 가장 큰 관계를 맺고 있다고 분석하고, 문화콘텐츠 분야에서는 문학과 무용이 가장 큰 관계를 맺고 있다고 분석하였다. 이 연구는 문화콘텐츠와 관련되는 광범위한 분야에서의 연구를 체계화하여 학문적 접근 방법에 대해 시사점을 제공한 의의가 있어 보인다.

김태림의 연구는 현재까지의 문화콘텐츠 연구를 종합하고 앞으로의 전망과 대안을 제시하고자 하였다. 이 연구에서는 우리 한국의 고전문학을 활용하여 생산된 문화콘텐츠를 '고전문화콘텐츠'라 명명하고 문화콘텐츠의 범위를 좁혀 논의하고 있다. 그리고 문화콘텐츠라는 개념 성립과 관련된 논의를 정리하고, 고전문화콘텐츠 연구를 결과 중심 연구와 원형 중심 연구로 나누어 살피고 있다. 이를 통해 원형 정리가 미흡함을 지적하고, 매체별 전환에 대한 연구가 부족함, 문화콘텐츠의 산업적 측면에서의 연구 필요성 등을 말한다. 그리하여 고전문화콘텐츠의 새로운 대안을 창작자를 위한 데이터베이스와 대중을 위한 지식 서비스, 문화원형의 상품화로 제시하고 있다.

이외에 원론적 차원에서 문화콘텐츠의 개념이나 속성, 문화콘텐츠의 유통이나 수용 등 제반분야를 다룬 경우도 있다.[43] 이러한 접근을 다룬 논문을 학술연구 전반으로 확대해서 보면 매우 다양하고 풍성한 편이다. 문화콘텐츠의 개념과 관련하여서는 문화콘텐츠 관련 연구마다 나름대로의 정리를 하고 있기도 하다.[44] 그리고 문화콘텐츠와 관련된 제반 분야별 연구는 하위 분류체계를 세워 정리해야 할 만큼 다양하기도 하다.

---

43 손현민, 「디지털 스토리텔링 확대를 통한 문화콘텐츠산업 활성화 방안에 관한 연구」, 중앙대학교 대학원 석사학위논문, 2009; 이윤정, 「문화콘텐츠의 서사성이 그와 연관된 콘텐츠의 선호도에 미치는 영향」, 홍익대학교 대학원 석사학위논문, 2014; 이종훈, 「창의적 융섭으로서의 문화콘텐츠」, 동국대학교 대학원 박사학위논문, 2015; 임준철, 「글로벌/글로컬시대의 문화융합과 미디어콘텐츠 역할에 관한 연구」, 한국외국어대학교 대학원 박사학위논문, 2012; 정동환, 「시각문화(視覺文化)콘텐츠의 소통(疏通) 연구」, 동국대학교 대학원 박사학위논문, 2010.

44 김기정, 「문화콘텐츠 개념(槪念)과 의의(意義)에 관한 연구」, 동국대학교 대학원 석사학위논문, 2008; 박범준, 「소통의 문화콘텐츠학 학문적 체계 연구」, 한국외국어대학교 대학원 박사학위논문, 2014.

고전소설과 문화콘텐츠

고전소설과 문화콘텐츠로 한정하여 연구사를 정리하고 앞으로의 연구 방향과 문화적 전망을 다룬다 할지라도 비단 문학이나 문화 관련하여서만 아니라 수용자나 생산자, 산업적 효과나 의미, 법 및 제도 관련 문제 등에 대한 관심이 필요할 것이라 판단된다. 문화콘텐츠라는 것이 그 출발에서부터 문학이나 예술적 필요가 아니라 사회적, 산업적 관심에서 시작된 것이기 때문이다. 그렇지만 이 부분에 대한 접근은 별도의 장이 마련되어야 할 것 같다.

고전소설 혹은 설화라는 서사 양식이나 구체적인 작품을 중심으로 문화콘텐츠 관점에서 접근한 연구들은 크게 1)고전서사 차원에서 문화콘텐츠의 서사성과 관련시키는 경우[45]

---

45 강나연, 「한국 바둑설화의 문화콘텐츠 활용 방안 연구」, 명지대학교 대학원 박사학위논문, 2012; 김미조, 「문화원형을 활용한 문화콘텐츠 개발 사례 연구 : 요괴와 도깨비를 중심으로」, 한국외국어대학교 대학원 석사학위논문, 2016; 김지희, 「문화콘텐츠 속 여성상의 변화 양상」, 중앙대학교 대학원 석사학위논문, 2016; 배보람, 「전통문화를 소재로 한 웹툰 콘텐츠 연구」, 성신여자대학교 대학원 석사학위논문, 2019; 신호성, 「문화콘텐츠로서의 〈아랑전설〉」, 고려대학교 대학원 석사학위논문, 2007; 심예린, 「한일 문화콘텐츠 속 요괴 캐릭터의 현대적 활용 연구」, 건국대학교 대학원 석사학위논문, 2018; 양지욱, 「문화콘텐츠의 개발과 적용 연구 : 『삼국유사』 소재 스토리를 중심으로」, 선문대학교 대학원 박사학위논문, 2014; 오현숙, 「『심청』 문화콘텐츠로의 재생산을 위한 사례 연구」, 중앙대학교 대학원 석사학위논문, 2005; 유서연, 「문화콘텐츠로서 스토

와 2)고전서사의 스토리, 인물형상, 배경 등의 하위 요소를
바탕으로 지역, 관광 등의 문화콘텐츠화를 다룬 경우[46], 3)고

리 기반의 슈퍼히어로 캐릭터 연구」, 숙명여자대학교 대학원 석사
학위논문, 2016; 이서라, 「문화콘텐츠의 생산과 수용에 관한 대화
성 연구 : 드라마 〈응답하라〉 시리즈를 중심으로」, 건국대학교 대
학원 박사학위논문, 2017; 이정원, 「전통예술 문화콘텐츠 개발에
관한 연구 : 판소리 4마당의 콘텐츠 요소 개발을 중심으로」, 한국예
술종합학교 전통예술원 석사학위논문, 2011; 전정연, 「문화원형의
문화콘텐츠 개발 사례연구 : 바람의 나라 사례 중심으로」, 이화여
자대학교 대학원 석사학위논문, 2009; 진수현, 「문화콘텐츠에 수용
된 귀신 양상 연구」, 중앙대학교 대학원 박사학위논문, 2019; 한동
현, 「문화콘텐츠 개발을 위한 구술 자료의 자원화 방안 연구」, 한
국외국어대학교 대학원 박사학위논문, 2010; 한승호, 「한국 설화에
나타난 여귀형상의 문화콘텐츠 활용 연구」, 영남대학교 대학원 박
사학위논문, 2013; 한형주, 「한국문화콘텐츠 개발을 위한 호랑이의
상징성 연구」, 경희대학교 대학원 석사학위논문, 2012.

46 강완정, 「'사마상여(司馬相如)와 탁문군(卓文君)'의 스토리 콘텐츠
개발 연구 : 문화관광 콘텐츠 중심으로」, 한국외국어대학교 대학원
석사학위논문, 2016; 김창호, 「문학공간의 문화콘텐츠화 연구 : 광
주 전남 지역을 중심으로」, 전남대학교 대학원 박사학위논문, 2010;
송희영, 「지역의 기억문화유산을 활용한 공연콘텐츠 사례 연구」,
한국외국어대학교 대학원 박사학위논문, 2014; 신현숙, 「글로벌 문
화콘텐츠 창작소재로서 영웅서사시의 가치에 관한 연구 : 이규보의
「동명왕편」을 중심으로」, 한양대학교 대학원 박사학위논문, 2012;
안광선, 「강릉단오제 문화원형과 문화콘텐츠 연구」, 관동대학교 대
학원 박사학위논문, 2010; 양기송, 「백제 무왕설화의 지역문화 콘텐
츠화 연구」, 원광대학교 대학원 박사학위논문, 2020; 유영초, 「전통
문화콘텐츠를 활용한 게임 캐릭터 연구 : MMORPG 게임을 중심으
로」, 강원대학교 대학원 박사학위논문, 2019; 윤종선, 「문화콘텐츠
로서 고전문학의 연구 현황과 전망」, 『어문학』 103, 어문학회,
2009; 윤희진, 「향토문화콘텐츠 제작을 위한 스토리텔링 방법 연구

전서사를 바탕으로 문화콘텐츠를 활용하여 교육 방안을 모색한 경우[47] 등으로 나누어 볼 수 있다.

: 인천시 검단지역 현장연구를 중심으로」, 인하대학교 대학원 석사학위논문, 2011; 장원기, 「문화유산 풍수해설콘텐츠 활용방안에 관한 연구」, 안양대학교 대학원 박사학위 논문, 2019; 전미경, 「전통문화자원을 활용한 문화콘텐츠 개발에 관한 연구 : 안동지역 예술, 교육, 생활문화 콘텐츠를 중심으로」, 영남대학교 대학원 박사학위논문, 2012; 하은영, 「지역문화원형을 활용한 문화콘텐츠 국내사례 연구 : 인천의 웹툰 '인당수를 아십니까'를 중심으로」, 인천대학교 대학원 석사학위논문, 2020; 한정민, 「문화공간으로서 남산골 한옥마을의 콘텐츠 활용방안 연구 : 스토리텔링을 중심으로」, 한국외국어대학교 대학원 석사학위논문, 2011.

47 강소희, 「뉴미디어를 활용한 한국문화 교육 콘텐츠 개발 방안 연구 : 한류 기반 학습자를 대상으로」, 한국외국어대학교 대학원 석사학위논문, 2020; 곽경화, 「영웅서사원형 문화콘텐츠를 활용한 진로수업 방안」, 한국교원대학교 교육대학원 석사학위논문, 2020; 김하연, 「문화콘텐츠를 활용한『심청전』의 교수·학습 전략」, 전남대학교 교육대학원 석사학위논문, 2014; 문자영, 「상호텍스트성을 활용한 문화콘텐츠 기반 문학교육」, 한양대학교 교육대학원 석사학위논문, 2016; 소흠, 「중국 학습자를 위한 한류 콘텐츠를 활용한 한국문화교육 사례 : 드라마 〈응답하라, 1988〉을 중심으로」, 상명대학교 교육대학원 석사학위논문, 2016; 손혜은, 「고전소설 이본과 문화콘텐츠를 활용한 창작 교육 연구」, 경희대학교 교육대학원 석사학위논문, 2013; 오사민, 「문화콘텐츠를 활용한 한국 아동 중국어 교육」, 연세대학교 대학원 박사학위논문, 2019; 위하미, 「문화콘텐츠 스토리텔링 수업방법연구 : 드라마 〈아랑사또전〉을 중심으로」, 동국대학교 대학원 석사학위논문, 2014; 이나영, 「문화콘텐츠를 활용한 고전소설 교육 방안 연구 : 〈흥부전〉과 웹툰 〈제비전〉을 중심으로」, 국민대학교 교육대학원 석사학위논문, 2019; 장영, 「한국어교육에서 문화항목 분류에 따른 대중문화 콘텐츠 활용 연구」, 배재대학교 교육대학원 석사학위논문, 2014; 허지명, 「중학교 다문화 교육을 위한

이들 연구는 고전 서사 문학 전반이나 하위 양식을 중심으로 문화콘텐츠와 관련하여 분석과 전망을 제시했다는 의미가 있다. 그리고 고전소설과 관련된 문화콘텐츠가 얼마나 확장적으로 활용될 수 있는지를 보여주었다는 점에서 의의가 크다 할 것이다.

문화콘텐츠와 관련된 선행 연구를 검토하면서 확인하게 되는 것은 '문화콘텐츠학'의 성립을 논할 정도로 문화콘텐츠 연구의 역사가 진행되고 있고, 실제 문화현상으로 문화콘텐츠가 존재하고 있다는 것이다. 그리고 선행 연구를 통해 문화콘텐츠가 얼마나 주목할 만한 연구 분야인지 확인할 수 있으며, 앞으로도 많은 연구가 필요가 분야임을 알 수 있다.

다문화콘텐츠 개발연구」, 동국대학교 교육대학원 석사학위논문, 2017.

Ⅱ. 고전소설과 문화콘텐츠의 관련성 분석

이 장에서는 고전소설과 문화콘텐츠가 관련되는 양상을 실제 작품들을 중심으로 살펴보고자 한다. 앞서 보았듯이, 고전소설과 문화콘텐츠의 관련성은 다양한 측면에서 찾을 수 있다. 하나의 고전소설 작품과 하나의 문화콘텐츠, 혹은 하나의 고전소설 작품과 여러 문화콘텐츠가 관련될 수도 있고, 하나의 문화콘텐츠와 여러 고전소설 작품이 관련될 수도 있다.

여기서는 고전소설과 문화콘텐츠가 어떠한 방식으로 관련되든지, 특정한 문화콘텐츠에서 고전소설의 원형적 자질을 활용하고 있다고 볼 수 있는 경우를 들어 분석해 보고자 한다. 어떤 경우에는 문화콘텐츠의 제목에서부터 특정한 고전소설 작품을 연상할 수 있는 표지를 넣어, 고전소설 작품을 원형으로 삼고 있음을 밝히고 있다. 그렇지만 어떤 경우에는 문화콘텐츠의 제목이나 내용에서 특정 고전소설 작품으로 한정하여 관련짓기는 어려울 수도 있다. 그렇지만, 어떠한 경우라 하더라도, 아이디어 차원이나 서사 공유의 차원에서 고전소설과 문화콘텐츠의 관계가 발생과 결과로 관련될 수 있는 것이라면 분석의 대상이 될 수 있다고 본다.

고전소설 작품을 바탕으로 하는 문화콘텐츠는 매우 다양한 양식으로 존재한다고 할 수는 있으나, 그 중 상당수는 영상 콘텐츠이다. 단적으로 영화와 드라마라 할 수 있는데, 이는 영화와 드라마가 가장 대중적인 양식이어서 문화산업으로서 수익 창출이 용이하기 때문으로 보인다. 고전소설 작품과 문화콘텐츠를 관련짓는 선행연구 역시 주로 영화나 드라마에 주목하는 것도 영상 콘텐츠가 풍부하기 때문일 것이다.

문화콘텐츠의 하위 양식이 매우 다양함에도 불구하고 특정한 콘텐츠 양식에 쏠리는 것에 대해 문제적 양상이라고 할 수 있을지 모르지만, 다른 한편으로는 수용자의 선택에 의한 결과로 받아들일 필요도 있어 보인다. 문화콘텐츠 양식의 성패를 바탕으로 새로운 양식의 문화콘텐츠를 생성하는 방향으로 사고할 수도 있으며, 기존 양식을 더욱 발전시키는 방향으로 시도해 볼 수도 있을 것이기 때문이다.

1. 고전소설과 영화 : 〈흥부 : 글로 세상을 바꾼 자〉

고전소설과 영화라는 매체가 서로 관련을 맺은 역사는 매우 길다고 할 수 있다. 우리나라에 영화가 도입되기 시작한 초기 시기에서부터 고전소설을 바탕으로 한 영화들이 제작되는 양상을 보이고 있기 때문이다.[48] 고전소설과 관련되는 영화를 꼽자면 가장 먼저 떠올릴 만한 것은 〈춘향전〉[49]이다. 이는 관련 연구에서 밝혀진 바 영화로 가장 많이 제작된 고전소설이 〈춘향전〉이기도 하고 대중 매체에 자주 노출되었

---

[48] 권순긍에 의하면 단일 고전소설 작품을 원형으로 하면서 비교적 완성도가 높은 영화가 〈춘향전〉, 〈장화홍련전〉, 〈운영전〉, 〈토끼와 거북〉, 〈심청전〉, 〈흥부놀부전〉 등 6편이나 된다. 한국영화사에서 초창기라고 할 수 있는 1923~25년에 상영된 12편 가운데 6편이 고전소설을 기반으로 제작된 영화라는 점에서 고전소설이 영화와 관련된 역사가 매우 길고 긴밀하다고 할 수 있을 것이다(권순긍·옥종석, 「고전소설과 콘텐츠, 그 제작 양상과 개발의 전망 : 영화콘텐츠를 중심으로」, 『한국고전연구』 43, 한국고전연구학회, 2018).

[49] 〈춘향전〉이 영화로 제작된 것은 20여회에 이른다. 〈홍길동전〉이나 〈장화홍련전〉, 〈흥부전〉에 비하면 월등히 높은 수치이다(권순긍·옥종석, 위의 글).

기 때문이기도 하다.

〈춘향전〉의 이본 수, 방각본 출간 횟수나 활자본 출간 여부 등을 따져 볼 때에도 단연 그 우월성을 확인할 수 있다. 〈춘향전〉은 근대 이전 시기에 가장 인기 있었던 소설 중 하나라 할 수 있고, 이러한 대중적 향유는 계몽기와 근대 시기에까지 이어져 다양한 매체 양식으로 변용되어 제작되었던 것으로 보인다.

그런데 고전소설을 영화 콘텐츠로 제작하는 방식의 매체 변용은 〈춘향전〉뿐만 아니라 〈심청전〉, 〈흥부전〉, 〈토끼전〉 등 판소리계 소설 작품 전체적으로 활발히 이루어진 것으로 판단된다. 이는 판소리계 소설의 경우 판소리와 함께 소설로서도 역시 대중적 인기를 누렸고, 그래서 영화라는 매체 양식이 추구하는 대중성을 충족시키기에 유리했기 때문으로 파악된다.

단적으로 예를 들자면, 1920~1930년대에 제작된 영화 중에서 〈심청전〉은 유성 영화로서 당대에 굉장한 주목을 받은 작품이었고,[50] 〈흥부전〉과 〈토끼전〉은 전래동화로 지칭되며

---

50 〈심청전〉의 매체 변용에 대해 대중성의 관점에서 고찰한 바 있다(서유경, 「20세기 초 〈심청전〉의 대중성」, 『판소리연구』 42, 판소리학회, 2016.).

지금까지도 유아와 초등학생을 위한 영상 자료나 영화 콘텐츠로 제작되고 있다. 이러한 양상은 〈춘향전〉, 〈심청전〉, 〈토끼전〉, 〈흥부전〉 등의 판소리계 소설 작품이 그 형성 과정에서부터 갖고 있었던 대중 취향의 서사가 새로이 만들어지는 영화 콘텐츠에서도 기저 서사로 작용하여 대중적 인기를 보장할 것이라는 기대가 있었기 때문이라고도 할 수 있을 것이다.

고전소설을 바탕으로 제작된 많은 작품 중에서도 여기에서는 〈흥부전〉을 수용하여 새로운 서사를 만들어 낸 〈흥부 : 글로 세상을 바꾼 자〉를 다루어보고자 한다. 〈흥부전〉의 경우, 영화화된 자료가 5편이라고 알려져 있다.[51] 이 글에서는 〈흥부전〉을 영화콘텐츠로 제작한 자료 중에서도 가장 최근에 만들어진 〈흥부 : 글로 세상을 바꾼 자〉를 중심으로 살

---

51 김선현에 의하면 〈흥부전〉이 영화화된 자료로 1925년 작 김조성 감독의 〈놀부흥부전〉, 1950년 작 이경선 감독의 〈흥부와 놀부〉, 1959년 작 김화랑 감독의 〈홀쭉이 뚱뚱이의 흥부와 놀부〉, 1967년 작 강태웅 감독의 〈흥부와 놀부〉, 2017년 작 조근현 감독의 〈흥부 : 글로 세상을 바꾼 자〉 등이 있지만 실제로 확인할 수 있는 영화는 1967년 제작된 〈흥부와 놀부〉와 2017년에 제작된 〈흥부 : 글로 세상을 바꾼 자〉 2편이라 한다(김선현, 「흥부전」의 영화화, 그 양상과 의미」, 『한국콘텐츠학회 종합학술대회 논문집』 5, 한국콘텐츠학회 2019, 199쪽).

펴보고자 한다.

(1) 〈흥부 : 글로 세상을 바꾼 자〉의 서사 개관

영화 〈흥부〉[52]는 판소리계 소설 〈흥부전〉의 기본 서사를 차용하면서도 새로운 서사 구조와 사건을 만들어 흥미를 유발한다. 이러한 서사의 변용은 우리나라 초기 영화사에서 주로 볼 수 있었던 고전소설의 영화화 방식과는 궤를 달리한다. 다시 말하자면, 원래의 소설 〈흥부전〉이 갖고 있던 서사를 영상으로 구현하는 방식이 초창기 영화화의 방식이었다면, 영화 〈흥부〉는 원래의 서사에서 벗어나 현재의 문제의식에 따라 재맥락화하는 방식을 보인다.[53]

---

52 서술의 편의상, 〈흥부 : 글로 세상을 바꾼 자〉를 줄여서 〈흥부〉로 쓴다.

53 임형택은 고전소설을 영화화하는 방식을 원작과의 상동성에 따라 다음과 같이 세 가지로 나누고 있다(임형택, 「고전소설 영화화와 다시 쓰기 – 상호미디어성과 「흥부 : 글로 세상을 바꾼 자」를 중심으로」, 『어문논집』 91, 민족어문학회, 2021, 30쪽).

"첫째 '그대로 쓰기'로서 원작을 거의 그대로 옮긴 경우이다. 20세기 고전소설 기반 영화 대부분이 여기에 속한다. 둘째 '다시 쓰기'로서 중심 서사를 변환했으나 인물과 배경 등 원작의 전반적 틀은 유지한 경우이다. 이에 해당하는 영화는 많지 않다. 고전소설 영화화에서 가장 많은 비중을 차지하는 춘향전 영화들에서 몇 차례 시도됐다고

이와 관련하여 다음과 같은 영화 〈흥부〉에 대한 평가를 참조할 만하다.[54]

　　"〈흥부〉(2017)는 〈흥부전〉의 서사를 그대로 수용하거나 재현하는 데 관심을 두는 대신 어떠한 사회, 문화적인 맥락 속에서 〈흥부전〉이 지어지게 되었는지, 〈흥부전〉의 진짜 이야기를 밝히는 데 주목한다. 그리고 〈흥부전〉의 작가를 흥부로 설정해, 소설을 지으며 생계를 유지하던 흥부가 어떻게 글로 세계를 바꾸는, 개혁 주체 세력으로 자리 잡게 되었는지 그 과정을 담아내는 데 주력한다. 이에 따라 영화는 줄곧 〈흥부전〉의 작가 연흥부의 시선에 입각해 서사를 전개시키며, 영화 속에서 〈흥부전〉의 실제 캐릭터로 상정되는 사회 개혁 세력인 조혁과 권세에 눈이 먼 조항리라는 두 형제의 갈등을 조명한다."

할 수는 있겠으나 의미 있는 사례로는 「방자전」(김대우, 2010) 정도를 꼽을 수 있다. 셋째 '새로 쓰기'로서 인물명이나 화소를 부분적으로 활용하나 원작의 중심 서사와 틀에서 완전히 벗어난 경우이다. 한국 영화의 수준이 전반적으로 향상된 21세기 이후 늘어난 유형으로 「장화, 홍련」(김지운, 2003), 「마담 뺑덕」(임필성, 2014), 「탐정 홍길동」(조성희, 2016) 등이 있다."

54 김선현, 위의 글, 200쪽.

위에서 정리하였듯이, 영화 〈흥부〉에서는 〈흥부전〉의 작가를 흥부로 설정하고, 소설 〈흥부전〉의 탄생에 대한 서사를 주요 내용으로 하여 전개된다. 그래서 영화 〈흥부〉 속 〈흥부전〉은 그 주인공이 흥부와 놀부이지만, 실제 형상화하고 있는 인물은 조혁과 조항리이다.

여기에서는 소설 〈흥부전〉을 바탕으로 새로운 서사를 펼쳐내는 양상을 분석하기 위한 기초 작업의 의미로 영화 〈흥부〉의 서사를 다음과 같이 정리해 보았다.

◈ 영화 〈흥부 : 글로 세상을 바꾼 자〉의 주요 내용
— 배경 : 1848년 헌종 즉위 14년이다. 자막으로 "세도 정치와 당파싸움으로 국정이 혼란스러워 곳곳에 민란이 빈번하게 일어났고 권력층의 부패와 과도한 세금 징수로 백성들의 삶은 극심한 고통으로 치달았다. 이때, 조선 왕조가 망하고 새로운 진인이 나타나 세상을 바꾼다는 예언서 〈정감록〉이 다시 등장하여 민심을 들끓게 하였다."가 제시된다.
— 흥부는 어릴 때 민란 때 헤어진 놀부 형을 찾기 위해 글을 쓰는 작가이다. 흥부는 자신이 유명한 작가가 되면 형 놀부가 자신의 이름을 보고 찾으리라고 생각했기 때문이다.

그런데 흥부가 쓰는 글은 풍기문란죄에 걸릴 정도로 음란한 소설이다.

—놀부 형의 소식을 듣기 위해 흥부는 조혁을 찾아가고, 흥부는 자신의 형 놀부가 현상금이 걸린 민란군의 수장이라는 것을 알게 된다.

—흥부는 가난한 이를 돌보는 조혁과 달리 조혁의 형 조항리는 탐욕스러운 관리로 서로 너무나 다른 형제 사이를 본다.

—당시 시중에는 금서 〈정감록〉이 널리 읽히고, 모반으로 처형당하는 이들이 생긴다.

—한편 조혁은 가난한 사람들을 위해 형 조항리에게 사정하러 가지만 거절당하고, 형수에게 밥 푼 주걱으로 맞는다.

—조항리가 흥부에게 〈정감록〉 외전 집필을 의뢰한다. 〈정감록〉에 누락된 몇 십 장을 채우되, 이씨 조선이 무너지고 김응집이 모반을 일으켜 새로운 왕이 된다고 쓰라고 요구한다. 자신의 글이 사람의 마음을 얼마나 움직이는지 영향력을 확인하고 싶지 않냐 하며 흥부에게 정감록 외전 쓰기를 시도하게 한다.

—흥부는 〈정감록〉 외전을 써주고 돈을 받고, 흥부가 쓴 정감록 외전 때문에 김응집은 벼슬이 강등되고, 조항리는

더 강한 권력을 갖게 된다.

- 조혁이 흥부에게 진정으로 영향력 있는 글을 써보라고 할 때에는 별달리 반응하지 않던 흥부가 굶어 죽는 백성을 두고 남는 곡식을 버리는 양반들의 행태를 보고서 '제비가 뭘 가져다 주면 희망이 될까?'라는 질문을 갖고 글쓰기를 시작한다.
- 흥부가 쓴 〈흥부전〉이 많은 인기를 얻게 되고, 시장에서 광대들의 놀이로 공연되기도 한다.
- 조혁을 통해 흥부가 형 놀부를 마침내 만나지만 미행이 붙어 미처 회포를 풀 사이도 없이 다시 헤어지게 된다.
- 한편 김응집 집단이 〈흥부전〉의 주인공 흥부가 조혁, 놀부가 조항리임을 파악하고 흥부가 조혁과 내통했다고 본다.
- 정감록 외전을 흥부가 썼다고 보고 흥부의 집이 엉망으로 뒤집히고 제자는 잡혀간다. 또한 정감록 외전으로 민심을 어지럽혔다 하여 조혁과 관련된 이들이 붙잡혀 간다.
- "백성의 목숨이 왕의 목숨과 다를 게 없다."라는 글귀가 적힌 홍경래 유품을 조혁이 흥부에게 건네주며, 자신이 잘못되면 흥부가 홍경래 장군의 뜻을 이어가도록 당부한다.
- 흥부도 잡히고 조혁도 끌려갔는데, 흥부 제자가 자신이 정감록을 썼다고 거짓으로 고백하여 처형받고 흥부는 풀려

난다. 그렇지만 조혁은 역모죄로 죽음을 맞는다.

- 흥부의 제자가 남긴 소설 〈심청전〉을 흥부가 발견한다.
- 흥부가 조항리에게 〈흥부전〉을 궁 안에서 공연하면서 역모를 시도하자고 속임수를 써 꾀인다. 궁궐에서 〈흥부전〉을 공연하며 흥부, 놀부 형제가 조항리를 처치하고, 임금을 구한다.

◈ 〈흥부 : 글로 세상을 바꾼 자〉의 주요 등장인물

영화 〈흥부〉의 주인공은 '흥부'로 조선 당대 최고의 인기 작가이다. 흥부가 쓰는 글은 주로 대중적 인기를 끄는 작품으로, 그의 목적은 글을 써서 자신의 이름을 알리고 어릴 때 헤어진 형 놀부를 찾는 것이다.

흥부의 형 놀부는 당시에 민란을 주도하는 인물로 나라에서 그를 잡으려 하는 상황이다. 그래서 흥부가 아무리 형을 수소문하고 만나고 싶어 해도 쉽게 만나지지 않는다. 영화 〈흥부〉의 놀부는 소설 〈흥부전〉의 놀부와 같은 악인형 인물이 아니라는 점이 특징이다. 소설 〈흥부전〉에서 놀부는 부를 축적하고 가난한 동생 흥부를 구박하며, 억압하는 반민중적인 인물이며 탐욕의 대명사라고 할 만한 악인이다. 그렇지만, 영화 〈흥부〉의 놀부는 민란군을 이끄는 수장으로 백성을 위하는 의로운 인물이다.

소설 〈흥부전〉에는 없는 영화 〈흥부〉의 새로운 인물로 주목되는 것이 흥부와 놀부 형제와 쌍을 이루는 조혁과 조항리 형제이다. 조혁은 가난하고 힘들게 사는 백성들을 헤아리며 그들의 삶을 돌보는 선한 인물이다. 이에 비해 조혁의 형 조항리는 이미 큰 권력을 가지고 있으면서도 더 큰 권력을 추구하는 탐욕스러운 인물이다.

그런데 조혁과 조항리 형제의 상반성은 영화 〈흥부〉 안에서 흥부와 놀부에 대응되기보다는 소설 〈흥부전〉의 흥부와 놀부에 대응된다는 점이 흥미롭다. 이들은 영화 〈흥부〉에서 새로운 인물을 창조하면서 의도적으로 부여한 인물의 성격이라 할 수 있다.

영화 〈흥부〉의 시대적 배경은 19세기 조선 시대 헌종 때로 제시된다. 그래서 왕에 해당하는 인물로 헌종이 등장한다. 조혁의 형 조항리도 왕에게 대적하는 인물이지만, 김응집이라는 인물도 조항리와 경쟁하며 왕권을 노리는 인물로 나온다. 그런데 영화 〈흥부〉에 등장하는 인물들의 역사성을 고려해 볼 때, 김응집이라는 인물의 설정은 매우 의아하기도 하고 흥미롭기도 하다. 시대적 배경과 함께 등장하는 헌종의 역사성과는 다른 의미가 있을 듯하기 때문이다.

1848년 헌종 때라는 매우 구체적인 시대적 배경을 설정한 것과 달리 영화 〈흥부〉의 전체적인 서사 전개는 실제 역사의 재현과 별로 상관이 없다. 그런데 김응집이라는 인물을 설정함으로써 마치 역사적 현실을 다루는 듯이 보이게 하였다. 물론 헌종 때 안동 김씨와 풍양 조씨의 권력 쟁투가 있었던 것은 역사적 현실이지만 영화 〈흥부〉에 등장하는 인물들이 이러한 역사와 직접적인 관련을 맺지는 않아 보이기 때문이다. 만약 의도적으로 영화 〈흥부〉에서 어떤 역사적 현실을 다루고자 했다면, 영화를 보는 이들이 이를 추측하고 이해할 수 있도록 했어야 하는 문제이다. 그래서 김응집이라는 인물의 등장이 매우 특이해 보이는 것이 사실이다.

　　이들 인물 외에 흥부의 제자로 선출, 흥부의 친구로 김삿갓 등이 등장한다. 흥부의 제자 선출은 흥부의 집필을 돕기도 하고, 흥부를 위해 죄를 대신하여 처형당하는 인물이다. 주인공 흥부를 보조하는 역할로서는 가장 중요한 인물이라 하겠다.

(2) 〈흥부 : 글로 세상을 바꾼 자〉와 〈흥부전〉 비교

◈ 시대적 배경

영화 〈흥부〉나 고전소설 〈흥부전〉이나 시대적 배경이 조선이라는 것은 공통적이다. 그런데 영화 〈흥부〉에는 1848년이라는 시대적 배경으로 특정 연도를 적시하여 매우 구체적으로 제시되는데 비해, 고전소설 〈흥부전〉에서는 대개의 이본에서 특정한 시대나 연도가 제시되지 않는다.

그리고 영화 〈흥부〉의 시대적 분위기는 민간의 백성들이 살기 어려운 상황으로 제시되는데 비해 고전소설 〈흥부전〉은 막연하나마 태평성대처럼 시작된다. 이는 영화 〈흥부〉와 고전소설 〈흥부전〉에서 문제 삼는 지점이 다름을 시사한다 할 것이다.

영화 〈흥부〉에서는 시대적 분위기가 세도 정치와 당파싸움이 일어나 사회가 혼란스러운 것으로 제시되고, 그러니 백성들 사이에서 자연히 민란이 성행하는 것으로 나온다. 영화의 시작 부분에서 자막으로 다음과 같은 시대 상황이 서술된다.

세도 정치와 당파싸움으로 국정이 혼란스러워 곳곳에 민란이 빈번하게 일어났고 권력층의 부패와 과도한 세금 징수로 백성들의 삶은 극심한 고통으로 치달았다. 이때, 조선 왕조가 망하고 새로운 진인이 나타나 세상을 바꾼다는 예언서 〈정감록〉이 다시 등장하여 민심을 들끓게 하였다.

이러한 사회적 분위기라면 〈정감록〉에서처럼 새로운 사회를 이끌어 낼 새로운 지도자를 기다릴 법하다.

반면 고전소설 〈흥부전〉에서 서사를 시작하는 상황은 전반적으로 살기 좋은 시대이며, 그러한 때에 잘 사는 놀부와 가난한 흥부가 대비되어 제시된다.

우리 왕조 즉위 원년 초에 국태민안(國泰民安)하고 시화세풍(時和歲豊)한데 희희탕탕하니 억만년 동안 늘 봄인 것 같더라. 성현동 복덕촌에 놀보 흥보 형제가 있으되(장흥보전)[55]

고전소설 〈흥부전〉의 경우 시대적 배경 서술이 최소화되어 있다고 할 수 있을 만큼 소략하게 제시되거나 아예 제시되지 않는다. 위의 〈장흥보전〉의 경우도 '우리 왕조' 정도로

---

[55] 김진영, 김현주 역주, 『흥보전』, 박이정, 1997, 45쪽. 이 책에서 제시된 현대어역보다 좀더 읽기 좋게 풀어써 보았다.

나오고 있어 시대가 특정되지 않는다. 또한 '국태민안(國泰民安)하고 시화세풍(時和歲豐)한데 희희탕탕하니'라는 데에서 볼 수 있듯이 〈흥부전〉의 시대적 분위기는 태평하고 풍요로워 백성들이 기쁘고 즐거운 상황이다.

그래서 영화 〈흥부〉와 고전소설 〈흥부전〉의 대조적인 시대 상황을 바탕으로 보면 각 작품에서 문제 삼는 지점이 무엇인지 더욱 선명해진다. 영화 〈흥부〉는 민란이 일어날 정도로 피폐한 민중의 삶을 해결할 방도를 찾는 것이라면, 고전소설 〈흥부전〉은 같은 부모 아래에서 났음에도 성격과 인간성, 살림살이 형편이 대조적인 형제간의 갈등에 대해 다룬 것이다.

◈ 인물 구성

앞서 영화 〈흥부〉의 등장인물을 살펴보았듯이, 고전소설 〈흥부전〉과 인물 구성에서 겹치는 인물은 흥부와 놀부 정도이다. 그런데 원래 〈흥부전〉에서 흥부는 가난한 가장, 즉 부인과 자식을 거느린 남편이자 아버지이지만, 영화 〈흥부〉에서는 제자와 함께 생활하는 작가로 혼자 삶을 영위한다. 영화 〈흥부〉에서는 놀부의 결혼 여부가 정확히 나오지는 않지만, 민란군의 수장으로서 살아가는 독자적 인물로 그려지고

고전소설과 문화콘텐츠

있어 가장의 역할을 담당하고 있다고 보기는 어렵다.

　그래서 영화 〈흥부〉에 나오는 또 다른 형제인 조혁과 조항리 두 인물을 오히려 원래 〈흥부전〉의 흥부와 놀부에 대응되도록 하고 있다는 것을 알 수 있다. 그것은 영화 〈흥부〉에서 작가인 흥부가 자신의 새로운 소설 〈흥부전〉 속 인물의 모델을 조혁과 조항리로 삼고 있기 때문이다. 판이하게 다른 형제 간의 갈등을 〈흥부전〉으로 형상화하면서, 조혁은 흥부라는 인물로, 조항리를 놀부라는 인물로 창조해 내고 있는 것이다.

◈ 서사 요소

　판소리계 소설인 〈흥부전〉의 가장 핵심적 서사 요소는 '박'이다. 〈흥부전〉에서 박은 흥부의 삶에 반전을 가져오는 행운이면서, 흥부의 선한 행실에 대한 보상의 의미를 지닌다. 그리고 〈흥부전〉에서 흥부가 박을 타고 크나큰 복을 받는 장면은 〈흥부전〉을 읽는 독자가 그러한 복이 자신의 것이 될 수도 있기를 간절히 소망하고 염원하는 기대가 반영된 것이기도 하다.

　그런데 영화 〈흥부〉에서 고전소설 〈흥부전〉 속의 박은 별로 중요한 장치가 아니다. 왜냐하면 영화 〈흥부〉에서 〈흥부전〉은 흥부가 쓴 소설 작품의 하나일 뿐이지, 실제 서사는 흥부와 놀부 형제, 조혁과 조항리 형제를 중심으로 전개되기 때문이다. 그래서 영화 〈흥부〉에서 박이 나오는 때는 〈흥부전〉이 공연되는 장면 정도이다.

박과 관련되는 제비의 등장 역시 마찬가지 방식이다. 〈흥부전〉의 이야기를 쓰기 위해 흥부가 고민하면서 "제비가 뭘 가져다 주면 희망이 될까?"라는 질문을 던져 보는 장면에서 언급되거나 〈흥부전〉을 연희에 활용할 때 나오는 정도이다. 그래서 원래의 소설 〈흥부전〉에서처럼 제비 다리가 부러지거나 흥부가 이를 고쳐주어 제비가 박씨를 물어오는 장면은 나타나지 않는다. 소설 〈흥부전〉은 영화 〈흥부〉에서 오롯이 흥부가 쓴 작품 속에 갇히는 것이다. 그런가 하면 흥부가 형수에게 밥 푸던 주걱으로 뺨을 맞는 장면은 조혁이 조항리의 집에 찾아갔다가 겪는 것으로 제시된다.[56]

---

56 그래서 김선현은 이에 대해 영화 〈흥부〉가 기존의 소설 〈흥부전〉과의 연관성이 떨어지기 때문에 간간이 흥부가 놀부 부인에게 주걱으로 뺨 맞는 대목이나 제비와 박의 요소를 더하고 있는 것으로 본다. 그러면서 "흥부와 놀부의 갈등, 흥부가 형수에게 주걱으로 뺨을 맞는 대목의 경우 기존의 서사를 전면적으로 활용하고 있는데 반해, 제비와 박은 두 소재가 환기하는 '희망'이라는 의미만을 차용한다."라고 하여 소설 〈흥부전〉의 서사를 활용하는 방식에 차이가 있음을 밝히고 있다(김선현, 위의 글, 200쪽).

◈ 민중의 소망 표현

영화 〈흥부〉가 원래의 고전소설 〈흥부전〉을 전반적으로 수용하지 않고 새로운 서사로 구성하는 양상을 보이고 있으면서도 〈흥부전〉의 주제 의식을 민중의 소망으로 해석해 내고 있는 것으로 파악된다. 그것은 영화 〈흥부〉에서 배경으로 삼고 있는 전반적 사회 분위기가 민란이 일어날 수밖에 없는 상황, 백성의 질곡은 가중되지만 정치 관료들은 자신의 배를 불리는 데에만 관심을 갖고 있는 상황을 배경으로 한 데에서 알 수 있다.

민란이 일어날 만한 시대에서 흥부가 조혁과 조항리 형제를 통해 세상을 바꿀 만한 글쓰기의 소재를 찾고 〈흥부전〉을 쓰는 것이기에, 영화 〈흥부〉 속 〈흥부전〉은 백성이 살기 좋은 세상, 민중의 소망을 그리는 작품으로 의미화된다. 영화 〈흥부〉에서 〈흥부전〉을 공연하며 박이 터지는 장면이 언급되기도 하는데, 이는 영화 속에 존재하는 흥부 박도 〈흥부전〉의 박과 마찬가지 기능을 하는 것을 말해준다.

〈흥부전〉에서 박이 흥부같이 착한 사람에게는 풍요와 축복으로 선행을 보상하고 가난에서 벗어나게 주는 선물로 기능하지만, 놀부와 같이 악한 사람에게는 벌을 내리는 징치 도구이다. 이를 현실 세계로 가져와서 보면 착한 사람에게는

상을 주고, 악한 사람에게는 벌을 주는 그리고 가난한 백성에게는 쌀과 집을 주고 다른 사람의 것을 **빼앗아** 부를 축적한 사람의 것은 회수하는 권력 혹은 힘이 박으로 형상화된 것이다. 그래서 〈흥부전〉을 읽는 독자들은 흥부의 박이 터지든, 놀부의 박이 터지든 환호하고 탄성을 지르게 된다. 박을 타서 박에서 무엇인가 나오는 순간은 선행을 상 주고 악행을 벌하는 사회 정의가 실현되는 때이기 때문이다.

이러한 맥락으로 보면, 영화 〈흥부〉에서 이야기되는 것처럼 〈흥부전〉이 세상을 바꾸는 글이 될 수 있다. 〈흥부전〉이 현실에서 실현되면 제비가 물어 온 박처럼 삶의 문제를 해결하고 좋은 세상으로 바꾸는 일이 일어날 수 있기 때문이다. 그래서 〈흥부전〉에서 박이 터지는 순간 사람들이 박수를 치고 환호하게 되는 것이다.

(3) 〈흥부 : 글로 세상을 바꾼 자〉의 〈흥부전〉 변용 방식

◈ 흥부를 통한 스토리텔링

영화 〈흥부〉는 제목에 '흥부'를 제시함으로써 고전소설 〈흥부전〉을 바탕으로 하고 있음을 명백히 드러내고 있다. 그러면서 부제로 '글로 세상을 바꾼 자'를 병기하여 고전소설

〈흥부전〉과 다른 점이 있음을 시사한다. 그래서 독자의 입장에서는 이 영화가 과연 고전소설 〈흥부전〉과 어떤 관계에 있는지, 좀더 정확하게 말하자면, 고전소설 〈흥부전〉의 서사를 얼마나 수용하였는지 관심을 갖게 된다. 이러한 관심은 애초에 영화 〈흥부〉를 만든 작가나 감독, 제작자들이 가졌던 것이었을 것이고, 영화 〈흥부〉의 최종적 모습은 그에 대한 결론이라 할 수 있을 것이다.

영화 〈흥부〉의 전반적인 서사 전개를 살피면서 보았듯이, 영화 〈흥부〉는 고전소설 〈흥부전〉을 액자화하고 있다. 다시 말하자면, 고전소설 〈흥부전〉은 영화 〈흥부〉에서 작가 흥부에 의해 창조되는 새로운 작품이다. 그래서 영화 〈흥부〉와 고전소설 〈흥부전〉의 관계는 겉 이야기와 속 이야기로 만들어지는데, 그 방식은 흥부를 통해 〈흥부전〉이 이야기되는 것이다.

이렇게 보면, 영화 〈흥부〉에서 고전소설 〈흥부전〉을 새롭게 말하는 방식은 영화 〈흥부〉의 주인공 흥부의 이야기 속에서 창조되는 새로운 서사가 소설 〈흥부전〉이 되도록 한 것이다. 어떻게 해서 〈흥부전〉이 만들어지게 되었는지, 〈흥부전〉의 인물 구성과 서사 전개가 왜 그렇게 될 수밖에 없었는지 스토리텔링하는 것이 영화 〈흥부〉이다.

흥부라는 인기 작가에 의해 창조되는 이야기로 〈흥부전〉을 설정하여 스토리텔링하는 방식은 형식적으로는 고전소설 〈흥부전〉이 만들어지는 과정인 것처럼 보이게 하지만, 의미상으로는 고전소설 〈흥부전〉에 대한 새로운 해석을 제시한다. 그것은 영화 속 작가 흥부에 의해 부여되는 소설 〈흥부전〉의 해석이며, 〈흥부전〉의 의미화 방식이다.

영화 〈흥부〉가 흥부의 목소리로 소설 〈흥부전〉을 이야기하는 방식을 취함으로써 한편으로 영화 〈흥부〉는 메타 서사[57]의 형식을 보여주기도 한다. 영화 속에서 흥부는 작가로서 세상을 바꿀 만한 소설의 소재를 구상하는 중에 소설 〈흥부전〉에 등장하는 인물의 모델을 조혁과 조항리에서 찾고, 가난한 백성의 삶에서 문제의식을 갖게 되어 마침내 〈흥부

---

[57] 메타서사는 사전에서 정의하고 있듯이, "서사가 이루어지는 과정을 다룬 서사. 작가가 자기 자신을 서사의 대상으로 삼는다."와 같이 간략하게 정리할 수 있다 (https://ko.dict.naver.com/#/entry/ko-ko/208692443b7e4d80b38648ef50039647).
이용은은 메타서사는 인간 자기 스스로 하고 있는 일에 대해 자의식적으로 그리고 자기-지칭적으로 언급하는 것임을 드러내는 서사라고 해석하면서 메타서사와 같은 자의식적이고 자기 언급적인 서사는 현실을 모방하는 성격에서 벗어나 서술하는 것에 대한 지속적 의식과 반성을 보여주는 것이라 한다(이용은, 「메타서사와 관객의 각성 – 쉬쉬팝의 〈유서〉」, 『셰익스피어 리뷰』 52권 2호. 한국셰익스피어학회, 2016, 212쪽).

고전소설과 문화콘텐츠

전〉을 쓰게 되는 것이다.

그리고 이러한 스토리텔링의 끝에 〈심청전〉을 쓴 작가가 흥부의 제자 선출이라는 것을 영화의 말미에 보여준다. 그렇지만 〈심청전〉의 경우, 영화 속에서 선출이가 남긴 유작 정도로만 보여주고, 〈심청전〉 탄생에 대한 스토리텔링은 별로 부각하지 않는다.

◈ 인물 형상 변형과 창조

영화 〈흥부〉에 등장하는 인물들에 대해 앞서 살펴보았듯이, 소설 〈흥부전〉의 등장인물과 겹치는 인물은 흥부와 놀부 정도이다. 그렇지만 그 마저도 인물의 이름이 동일한 것이지, 인물의 성격이 동일한 것은 아니다. 고전소설 〈흥부전〉에서 흥부는 착하지만 여러 자식을 두어 가난하게 살다가 급기야 형 놀부에게 쫓겨나는 신세가 된다.

한때 흥부와 놀부의 성격을 두고 논란이 있었던 것이 흥부가 가난하게 살게 된 원인을 게으름과 같은 개인 문제로 보아야 할 것인가였다. 이러한 논란은 놀부에 대한 긍정적 해석을 시도하는 과정에서 있었던 것이라 할 수 있는데, 그 문제를 떠나서 흥부가 천성이 착하고 놀부가 악한 것은 변하지 않는다.

영화 〈흥부〉에서 흥부는 가난하지 않고, 놀부도 악하지 않다. 오히려 놀부의 형상은 소설 〈흥부〉와는 정반대라고 할 수 있을 정도로 훌륭하다. 이런 측면에서 보면 영화 〈흥부〉는 〈흥부전〉의 흥부와 놀부 형상을 역전시키고 있다고도 할 수 있다. 〈흥부전〉에서와 달리 영화 〈흥부〉에서 흥부는 대중적 인기를 노리고 음란소설도 쓰는 작가이다. 그런가 하면 영화 〈흥부〉에서 놀부는 자신의 개인적 영달을 버리고 가난한 백성의 편에서 새로운 사회를 위해 민란군을 이끄는 영웅적 인물이다. 그래서 영화 〈흥부〉에서 재창조된 소설 〈흥부전〉의 흥부와 놀부라는 인물은 전혀 다른 인물로 그려진다.

한편 〈흥부전〉에는 나오지 않는 인물이지만 영화 〈흥부〉의 핵심 인물인 형제, 조혁과 조항리는 〈흥부전〉의 흥부와 놀부 형제에 대응되는 양상을 보이고 있다. 그래서 영화 〈흥부〉에서 〈흥부전〉의 흥부, 놀부에 대응되는 형제 쌍은 흥부와 놀부가 아니라 조혁과 조항리이다. 〈흥부전〉의 흥부처럼 조혁은 가난한 백성의 처지를 알고 자신도 스스로 가난한 삶을 꾸려나가는 인물이고, 다른 사람을 위하는 착한 심성을 소유한 인물이다. 반면 〈흥부전〉의 놀부처럼 조항리는 탐욕스럽게 더 많은 것을 가지려고 하는 인물이고, 백성을 돌보

고전소설과 문화콘텐츠

기보다는 억압하는 인물이다.

그렇다고 하여 영화 〈흥부〉의 조혁과 조항리라는 두 인물의 성격이 〈흥부전〉의 흥부, 놀부와 똑같지는 않다. 소설 〈흥부전〉에서 흥부와 놀부의 상반된 성격은 선악 구도와 경제적 상황으로 선명하게 드러난다. 그러나 영화 〈흥부〉에서 조혁과 조항리의 성격 대립은 백성에 대한 시선과 왕에 대한 충성심 측면에서 명료화된다.

조혁이 〈흥부전〉의 흥부처럼 가난하면서도 착하고, 조항리가 〈흥부전〉의 놀부처럼 부유하면서도 악하다는 것은 동일하다. 그렇지만, 조혁은 〈흥부전〉의 흥부보다 훨씬 사회적 의식이 발달해 있으면서 다른 사람의 가난을 돌아보는 긍휼을 가졌고, 조항리는 〈흥부전〉의 놀부보다 훨씬 높은 권력층에 있으면서 왕권에 도전할 위세와 간교함을 가졌다.

이렇게 영화 〈흥부〉에서는 고전소설 〈흥부전〉의 인물을 변형하고, 새로운 인물의 쌍을 만들어 내고 있다.

◈ 가정에서 사회로 시선 확대

고전소설 〈흥부전〉의 향유 맥락과 전승 과정으로 볼 때, 〈흥부전〉의 가장 중요한 문제는 형제간의 갈등과 부유하게 잘 사는 것에 대한 관심이다. 〈흥부전〉의 서사적 구도는 흥부와 놀부 형제가 겪는 사건이 반복적으로 병렬되며 서사가 전개되지만 결말은 거울처럼 상반되게 제시되는 것이다. 그리고 그러한 결말의 근본 원인이 흥부의 선함과 놀부의 악함에 있음을 보여줌으로써 형제간에 우애 있게 지내야 한다는 주제 의식을 드러낸다.

물론 〈흥부전〉의 주제에 대해 경제적 부의 분배 문제를 비판적으로 형상화했다거나 다른 존재에 대해 은혜를 베풀어야 한다는 등으로 다양하게 논의할 수 있다. 그럼에도 고전소설 〈흥부전〉의 선악 구도의 범위는 가정의 테두리에 있음은 분명하다. 〈흥부전〉에서 흥부의 삶이 문제가 되는 것은 부유한 형 놀부가 흥부를 쫓아내었기 때문이다. 만약 놀부의 악함이 형제간, 가족간에 행해지지 않았다면 지금의 고전소설 〈흥부전〉은 없었을지도 모른다.

그런데 영화 〈흥부〉는 그 시작에서부터 노골적으로 세상을 바꾸어야 할 필요를 제시한다. 백성들이 도저히 그냥 있을 수는 없어 민란으로 봉기를 일으키는 사회 상황을 서술한다. 이러한 점에서 영화 〈흥부〉는 가정 내의 문제가 아니라 사회적 부패와 악의 문제를 다루고자 하는 사회비판적이고도 정치적인 주제 의식을 드러낸다 할 수 있다.

그래서 영화 〈흥부〉는 원래의 〈흥부전〉에 등장한 흥부와 놀부 형제에 더하여 새로운 형제 조혁과 조항리를 내세워 새로운 서사를 펼쳐나가면서도 형제간의 우애나 가정 내에서 해결되어야 할 문제를 제시하지 않는다. 영화 〈흥부〉에서 흥부와 놀부 형제 사이에 문제가 있다면, 그것은 형과 아우 사이의 갈등이 아니라 형제를 이별하게 한 사회문제 현상으로서의 민란이다. 그래서 영화 〈흥부〉에서는 형제 사이의 문제조차도 사회에서 원인을 찾는다 할 수 있다. 형제가 헤어져 살고 평생 그리워하면서도 만나지 못하게 된 원인은 민란을 일으킬 수밖에 없는 가난한 삶의 현실과 부패한 정치인 것이다.

이렇게 볼 때, 영화 〈흥부〉의 주제 의식은 〈흥부전〉에서는 속에 감추어져 있던 사회 현실의 문제를 겉으로 꺼내어 표출하면서 백성들의 꿈을 실현하는 것으로 형상화되고 있다 할 수 있다. 그리고 그것은 영화 〈흥부〉가 가정에서 나아간 사회 현실에 시선을 돌리고 있음을 보여준다. 이러한 주제 의식이 가장 선명하게 드러나는 부분이 조혁이 흥부에게 홍경래 장군의 유품을 건네주는 장면이다. 그리고 "꿈을 이어가라"고 하는 말이나 "땅이 하늘이 되는 세상"과 같은 표현에서 민중의 항거와 백성들의 염원을 강조한다.

2. 고전소설과 드라마 : 〈힘쎈 여자 도봉순〉

고전소설과 드라마라는 문화콘텐츠를 관련지어 보는 방식도 두 가지 방향에서 생각해 볼 수 있다. 하나는 특정한 고전소설 작품을 현대의 드라마로 제작하였다고 보고 고전소설의 드라마화라는 측면에서 살피는 것이다. 예를 들어, 고전소설 〈흥부전〉을 근간으로 영화 〈흥부 : 글로 세상을 바꾼 자〉가 만들어졌음을 전제로 고전소설의 영화화를 분석하는 것과 마찬가지의 방식이다.

다른 하나는 현대 문화에서 만들어진 드라마 콘텐츠에서 특정한 고전소설작품이나 유형을 원형적 자질로 발견하는 것이다. 이 경우, 해당 문화콘텐츠가 고전소설을 원형으로 삼았음을 표방하였는지의 여부는 상관이 없다. 문화콘텐츠의 제목이나 제작자의 설명으로 고전소설과의 관련성을 찾을 수 없다 해도 상관없다는 의미이다. 이 장에서 살펴보고자 하는 〈힘쎈 여자 도봉순〉에 대한 접근 방식은 두번째에 해당한다.

〈힘쎈 여자 도봉순〉이라는 드라마는 특정한 고전소설 작품이나 유형을 바탕으로 하였다고 표방하지 않는다. 그럼에도 불구하고 이 드라마를 보면 고전소설과의 관련성을 여실히 발견할 수 있다. 이에 〈힘쎈 여자 도봉순〉의 서사를 분석하여 보고 고전소설과 관련되는 방식을 살펴보고자 한다.

〈힘쎈 여자 도봉순〉은 2017년 2월 24일부터 2017년 4월 15일까지 JTBC에서 방영된 16부작의 드라마이다. 드라마 유형은 판타지, 로맨스, 범죄 등으로 분류된다. 시청률이 10% 가까이 되는 꽤 인기 있었던 드라마로 평가된다.

(1) 〈힘쎈 여자 도봉순〉의 서사적 특성

◈ 주요 내용

도봉구 도봉동에 사는 도봉순은 취업준비생이다. 그녀는 모계 혈통으로 이어지는 괴력을 소유하고 있어 여느 사람들처럼 살지 못하고 보통의 여성들의 삶을 누리지는 못한다. 그녀가 오랫동안 취업 준비를 하면서 자신이 찾은 가장 좋은 일은 게임 소프트웨어 개발이다. 그래서 게임 개발 회사에 지원하는 중이다.

어느 날 도봉순이 심부름을 가던 중에 도봉동 재개발 현장에서 유치원 버스 기사와 용역 조직들이 시비하고 있는 것을 보고 그 싸움에 개입하게 된다. 도봉순은 불의의 현장을 보고 자신이 가진 괴력을 발휘해 용역 조직배들을 혼내 주는

데, 이 일 때문에 도봉순은 자신이 마음속으로 좋아하는 친구 국두가 근무하는 경찰서에 가게 된다.

경찰서에서 사건 경위를 정리하는 과정에서 도봉순이 가진 괴력이 들통날 위기에 처하지만 현장의 목격자였던 아인소프트 CEO 안민혁의 도움으로 벗어난다. 안민혁은 협박으로 신변의 위협을 느끼던 중에 도봉순의 힘을 알고 도봉순에게 자신의 경호원으로 일해 줄 것을 부탁한다.

안민혁의 회사에 취업하여 일하는 도봉순을 보고 도봉순의 모친은 안민혁과 친밀한 사이가 되기를 은근히 기대한다. 안민혁은 자신에게 닥친 위협으로 인해 동성애자로 알려져도 별로 개의치 않는다. 안민혁은 도봉순과 함께 지내다가 자신을 협박하고 위협했던 범인이 형의 사주를 받아 행한 것임을 알게 된다.

한편 도봉동 일대에는 연쇄적으로 여성이 납치되고 살해되는 사건이 일어난다. 도봉순에게도 납치 살인범의 마수가 미치고, 도봉순의 친구가 위험에 처하는 사건이 일어난다. 도봉순도 연쇄 살인범을 목격하여 위험한 순간을 겪는다. 국두와 안민혁도 함께 도봉순을 걱정하게 된다. 위험에 빠진 도봉순을 구하려다 안민혁이 대신 칼을 맞는 사건이 일어난다.

고전소설과 문화콘텐츠

그러는 사이 국두와 안민혁이 동시에 도봉순에게 데이트 신청을 하여 도봉순이 행복한 고민에 빠지기도 한다. 그러다 도봉순의 친구 경심은 다시 납치되고, 도봉순이 범인의 행적을 쫓다가 범인의 은거지가 폐차장인 것을 알게 된다.

도봉순은 안민혁, 국두와 힘을 합쳐 살인범을 잡고 마침내 모든 문제를 잘 해결한다. 도봉순의 부모님과 온 동네 주민들이 모두 기뻐하고, 도봉순과 안민혁도 결혼 허락을 받고 행복하게 지낸다.

◈ 등장인물

〈힘쎈 여자 도봉순〉의 주인공은 도봉순으로 선조 할머니부터 이어져 모계로 전해지는 괴력을 가진 소녀이다. 그렇지만 그렇게 엄청난 힘을 가졌음에도 자신이 가진 괴력을 어찌하지 못해 일상적 생활에서 조심하는 일이 많은 취업준비생이다.

도봉순의 쌍둥이 동생 도봉기는 의과대학을 졸업하고 레지던트 과정에 있는 의사이다. 어린 시절 도봉순과 함께 유괴되어 죽을 위기에 처했을 때 도봉순이 괴력을 발휘하는 것을 눈으로 본 적이 있다.

도봉순의 아버지는 도칠구로, 부인과 함께 '도봉 호두가게'

를 운영하고 있다. 성격이 소심하고 부인에게 눌려 지낸다. 도칠구가 어떻게 결혼하게 되었는지를 보여주는 장면에서부터 도칠구보다 황진이 여사가 우월한 힘을 갖고 있음을 알 수 있다. 결혼 생활도 여기에서 벗어나지 않는다.

도봉순의 어머니는 황진이로 예전에는 괴력을 갖고 있었으나 의롭지 않은 일에 힘을 쓴 전력으로 인해 가진 능력을 모두 잃고 말았다. 황진이 여사의 이름이 이 드라마에서 가장 고전과 가깝다. 황진이 여사가 힘을 잃게 되는 과정으로 보면 성격상 윤리의식이 부족한 듯한데, 도봉동에서 연쇄적으로 납치 살인 사건이 일어나자 친구들과 앞장서서 보안 활동에 나서기도 하는 의리파이다.

순심 여사는 도봉순의 외할머니로 그녀 역시 괴력의 소유자이다. 도봉순이 어떻게 해서 괴력을 갖게 되었는지, 모계 혈통으로 힘이 전승되는 역사를 보여주는 실체이기도 하다.

도봉순의 친구로 나경심이 등장한다. 나경심은 도봉동에서 일어난 납치 사건의 피해자이기도 하다. 나경심의 납치로 인해 도봉순이 본격적으로 범인을 추적하게 된다.

안민혁은 아인소프트라는 회사의 사장이고 오성그룹 넷째 아들인데, 예전에 보았던 힘쎈 소녀, 분홍색 모자티를 입고 있었던 소녀를 그리워하다 도봉순을 만나 좋아하게 된다.

안민혁을 보조하는 인물로 공 비서가 등장한다. 공 비서는 안민혁의 회사 업무를 수행하면서 도봉순과 안민혁의 좋은 관계 형성에 기여하는 역할을 한다.

인국두는 도봉경찰서 강력3팀에 근무하는 경찰이다. 도봉순이 어릴 때부터 좋아하는 감정을 가진 대상이다. 도봉순이 가진 괴력을 알지 못하고 연약한 여성으로 보아 보호하려는 마음을 갖고 있다.

국두의 어머니 정미화는 베스트셀러 소설가로 도봉순 어머니 황진이 여사와 모종의 갈등 관계에 있다.

이 외에 안민혁의 아버지 안출도, 민혁의 배다른 형인 안동하, 안동석, 안경환 등이 있다. 또한 1화의 도봉동 재개발 현장에서 일어난 사건과 관련 있는 용역 조직폭력배도 등장한다. 이들은 서사 전개 과정에서 공포보다는 웃음을 유발하며 도봉순이 가진 힘을 발휘할 기회를 갖게 해 주는 역할을 한다.

인국두와 관련하여서는 도봉경찰서 동료들이 등장하여 소소한 재미를 준다.

(2) 〈힘쎈 여자 도봉순〉과 여성 영웅 등장 고전소설의 관련 양상

◈ 고전소설 속 여성 영웅

〈힘쎈 여자 도봉순〉에서 문화원형으로 기능하고 있는 고전소설을 찾는다면 소위 여성 영웅소설 유형에 해당하는 작품들이라고 할 수 있다. 특정한 작품을 지정하지 않고, 여성 영웅소설로 묶어 말한 것은 〈힘쎈 여자 도봉순〉의 주인공 도봉순의 인물 형상에서 여러 여성 영웅의 모습이 드러나고 있기 때문이다.

그렇다면 여성 영웅은 무엇인가? 여성 영웅이라는 고전소설 유형 명칭은 흔히 사용되고 있지만, 실상 그 개념을 확정 짓기가 아직은 어려운 상황이라고 판단된다. 그것은 어떤 고전소설 작품에서 여성 영웅이 등장한다고 할 때의 여성 영웅 개념과 여성 영웅소설 유형이라고 할 때의 여성 영웅 개념이 동일하지 않기 때문이다.

사실 어떤 소설에서든지 여성 영웅이 등장할 수는 있다. 여성 영웅이라고 할 수 있는 자질이나 요건에 해당하면 여성 영웅이라고 지칭할 수 있기 때문이다. 그러나 그러한 작품이 모두 여성 영웅소설 유형에 해당한다고 할 수는 없기 때문에 소설의 장르론적 명칭과 인물론 차원의 명칭이 일치할 수 없는 문제가 생긴다.

여성 영웅보다는 더 일반적 개념으로서 영웅을 어떻게 규정하는지 살펴보자. 우리 고전소설 연구에서 영웅은 일대기적 구조라는 소설의 형식과 관련하여 정의되어 왔다. 이는 영웅 이야기 전승의 맥락 속에서 설명되는 것인데, 영웅은 영웅 일대기 속에서 형상화된다는 것이다. 조동일은 이에 대해 몇 가지 요소를 제시하였다.

영웅의 일대기[58]에 속하는 서사에서 영웅적 인물은 첫째, 고귀한 혈통을 지니고 있다, 둘째, 비정상적으로 태어난다, 셋째, 다른 사람보다 뛰어난 능력을 지니고 있다, 넷째, 어렸을 때 버려지는 고난을 겪는다, 다섯째, 양육자나 구원자를 만나 위기에서 벗어난다, 여섯째, 성장한 후 위기나 고난을 겪는다, 일곱째, 결국 극복하여 승리자가 된다는 것이다.

우리가 일반적으로 영웅소설이라고 부르는 소설에서 이러한 일대기적 구조를 볼 수 있다. 물론 위의 일곱 가지 요소가 있는 그대로 똑같이 적용되는 것이다. 어떤 요소는 확대, 반복되어 나타나기도 하고, 어떤 요소는 축약되거나 변형되고,

---

58 조동일, 「영웅의 일생, 그 문학사적 전개」, 『동아문화』 제10집, 서울대 동아문화연구소, 1971, 165-214쪽.

삭제되기도 한다. 그래서 영웅소설의 구조에서 영웅의 일대기를 이루는 요소는 작품에 따라 조금씩 다르게 나타날 수 있다.

이러한 영웅의 일대기에 대한 설명은 인물 이야기의 전통을 지니는 우리 소설의 주요 특징을 바탕으로 이루어진 것이다. 그래서 현대 문화 속에서 만들어지는 다양한 서사의 양식들에서 이러한 영웅의 일대기가 오롯이 적용되기는 어렵다. 그렇지만 그렇다고 하여 현대 서사 양식들(모든 종류의 이야기, 소설 등) 혹은 문화콘텐츠에서 이러한 일대기를 볼 수 없다고 할 수는 없다. 어떻게 보면, 전통적 영웅의 일대기에서 특정 서사 요소가 빠지거나 확대되는 양상으로 변용되어 새로운 영웅 서사를 만들어낸 것이 현대 서사 양식이나 문화콘텐츠라 할 수 있는 것이다.

마찬가지 맥락에서 여성 영웅도 정의해 볼 수 있다. 영웅 일대기의 주인공, 즉 영웅적 인물이 여성에 해당한다면 여성 영웅이라 할 수 있고, 이러한 여성 영웅의 일대기 구조를 현대 서사 양식이나 문화콘텐츠에서 발견할 수 있는 것이다. 이렇게 보면, 여성 영웅 서사는 여성 영웅이 첫째, 고귀한 혈통을 지니고, 둘째, 비정상적으로 태어나며, 셋째, 다른 사람보다 뛰어난 능력을 지니고, 넷째, 어렸을 때 버려지는 고난을 겪지만, 다섯째, 양육자나 구원자를 만나 위기에서 벗어나고, 여섯째, 성장한 후 위기나 고난을 겪고, 일곱째, 결국 극복하여 승리자가 되는 이야기 요소를 지니는 것으로 정리할 수 있다.

◈ 도봉순에서 여성 영웅 형상 찾기

현대 문화콘텐츠의 주인공인 도봉순의 모습에서 고전소설 속 여성 영웅의 형상을 찾을 수 있다는 점이 매우 흥미롭다. 〈힘쎈 여자 도봉순〉과 고전소설, 여성 영웅소설을 관련시킬 수 있는 가장 중요한 이유는 도봉순이라는 인물이 가진 능력에 있다.

〈힘쎈 여자 도봉순〉을 보면, 별다른 설명이 없이도 도봉순이 여성 영웅의 모습을 지니고 있다는 것을 알 수 있다. 일반적인 시청자들의 생각에 여성 영웅이라고 한다면 남들보다 뛰어난 능력을 갖고 사람들을 위해 활약하는 인물일 텐데, 〈힘쎈 여자 도봉순〉의 시작부터 도봉순의 이러한 형상이 나타나기 때문이다.

그런데 고전소설 속 여성 영웅과 관련되는 도봉순이라는 인물의 형상은 무엇보다 괴력의 전승에서 찾을 수 있다. 도봉순이 태생적으로 괴력을 지니고 있다는 것은 영웅으로서의 조건 중에 비범한 능력을 갖고 있다는 것과 관련된다. 그런데 도봉순이 가진 능력의 출처는 어머니 계통의 선조, 즉 모계 혈통이다.

이는 영웅 일대기의 요소 중에 영웅적 인물이 고귀한 혈통을 지니는 것과 관련된다. 고귀한 혈통을 지니고 있다는 것은 영웅적 인물이 태생적으로 갖는 성격이다. 혈통은 자신이 선택하는 것이 아니라 미리부터 주어지는 것이다. 자신의 선조, 부모가 고귀하기 때문에 영웅적 인물은 혈통적으로 고귀함을 지닌다.

도봉순의 내력을 보면, 도봉순이 지닌 엄청난 힘은 모계 혈통으로 유전된다. 도봉순, 도봉순의 어머니, 도봉순의 할머니 등 그녀들이 대단한 힘을 갖고 물려줄 수 있게 된 내력은 드라마 상에서 『역량기』라는 책으로 기록되어 전해지는 것으로 그려진다. 『역량기』에서 선조 시대 때 박개분이 임진왜란 당시 행주대첩에서 나른 돌보다 처치한 왜구의 수가 더 많다고 하며 힘의 원천을 박개분으로 기록하고 있다. 박개분 이후 모계로 그 대단한 힘이 유전되는 것이다.

그런데 흥미로운 것은 이 대단한 힘을 무조건적으로 영원히 지닐 수 있는 것은 아니라는 것이다. 다시 말해 이 힘이 없어지기도 하는데, 그것은 이 힘의 보유자가 사리사욕을 위해 힘을 사용하거나 의롭지 못한 데에 힘을 쓸 경우이다. 그렇게 나쁜 일에 힘을 사용하게 되면 그 일의 정도에 따라 보응을 받고 힘도 잃게 되는 것이다.

드라마에 나온 예를 들자면, 1862년 진주민란 때에는 가욱방이라는 선조 할머니가 자신이 가진 힘으로 관군들과 합세하여 무고한 백성들을 괴롭히고 사리사욕에 채우다가 하루아침에 그 힘을 잃고 나병을 앓게 되었으며 쓸쓸하게 삶을 보낸다. 그런가 하면 도봉순의 어머니 황진이 여사는 세계역도 선수권 대회에 출전하여 메달을 획득하기도 하였으나 상으로 받은 메달들을 금은방에 팔고, 남학생들을 괴롭히는 등의 악행을 저질러 마침내 자신이 가졌던 힘을 잃어버렸다.

이런 이유로 도봉순은 자신이 가진 힘을 다른 사람들이 알게 될까봐 전전긍긍하며 자신의 괴력을 숨기며 조심한다. 어떤 일에 자신의 괴력을 사용하고 나면 혹시나 자신의 몸에 어떤 이상이 생겼을까, 혹은 힘이 없어졌나 걱정하며 확인하기도 한다.

그런데 흥미롭게도 이러한 금기 요소, 즉 '무엇을 하면 안 된다.', '하지 말라고 하는 명령을 어기면 죽게 된다.'와 같은 것은 우리 고전소설의 전통에서 비극적 장수 이야기와 관련이 있다. 물론 비극적 장수 이야기는 고전소설에 직접 드러나기보다는 근원 설화로 작용하기 때문에 여성 영웅소설과 같은 작품들에 직접 연결 짓기는 어렵다. 그렇지만 영웅적 인물의 실패 가능성, 비극적 결말 가능성을 알려 주는 소설적 장치의 하나라고 할 수 있는 금기 요소를 〈힘쎈 여자 도봉순〉에서 영웅 일대기와 함께 활용하고 있다는 것은 주목할 만하다.

도봉순은 선조 때부터 괴력과 함께 전승되는 금기에 대해 조심하면서 동시에 스스로 자신의 능력을 숨기고 싶어 하는 마음[59]을 갖고 있는 것으로 보인다. 〈힘쎈 여자 도봉순〉 1회에서 도봉순이 자신이 가진 힘의 내력과 그것에 대한 생각을 말하는 부분에서 이를 알 수 있다. 도봉순은 자신이 가진 힘으로 인해 다른 사람의 구경거리가 되기 싫어 자신의 엄청난 힘을 숨기고 산다. 다른 한편으로 도봉순은 자신의 오랜 짝

---

59 김경민은 이에 대해 도봉순이 스스로 자신의 힘을 숨기며 살려고 하는 것은 이 사회가 요구하는 전형적 여성상에 맞추기 위한 것이고, 역으로 힘쎈 여자 도봉순의 모습은 비정상적 괴물로 보이기 때문이라 분석한다(김경민, 「괴물과 영웅 사이 – 판타지 드라마의 초능력 인물」, 『대중서사연구』 26권 1호, 대중서사학회 2020, 24쪽). 그런데 〈힘쎈 여자 도봉순〉에서 도봉순과 남성 주인공과의 결연 과정에 주목하여 보면 도봉순의 형상은 괴물로서보다는 매력적인 영웅으로 비친다고 할 수 있어, 도봉순의 모습을 괴물로 몰아가기는 부담스러운 면이 있다.

사랑 국두에게 가녀린 여성으로 보이고 싶은 욕구도 가지고 있기 때문이기도 하다.

이렇게 도봉순이 자신이 가진 능력을 숨기려는 욕구를 금기와 관련시켜 보면, 전통적으로 아기장수 설화와 같은 비극적 장수 설화에서 영웅의 비극적 결말과 관련짓던 금기의 기능을 〈힘쎈 여자 도봉순〉에서는 성 정체성의 문제로 재해석하고 있다고도 할 수 있겠다. 그런데 〈힘쎈 여자 도봉순〉에서 금기 위반의 기준이 명료하지 않은 문제는 있다. 도봉순이나 그녀의 어머니, 할머니들이 지켜야 했던 사리사욕을 위해 힘을 사용하지 않아야 한다는 금기의 규칙이 누구에 의해 판단될 수 있는 것인지 알 수 없기 때문이다. 이 문제는 〈힘쎈 여자 도봉순〉의 후반부 서사 전개 과정에서 도봉순이 힘을 잃었다 회복하는 단계에서 부각된다. 어쨌거나 이러한 서사 전개는 도봉순, 안민혁, 국두 사이에 생기는 사랑의 삼각관계 속에서 고전문학 속 금기가 재해석되어 서사화되는 양상이라 할 수 있겠다.

◈ 도봉순의 영웅성 발현 방식

도봉순은 고전소설 속 여성 영웅들처럼 비범한 능력, 뛰어난 영웅성을 지니고 있지만 그 능력을 발휘하는 영역과 방식 등에서 다르다. 도봉순이 활약하는 방식이 고전소설 속 여성 영웅과 사뭇 다른 것은 이전 시기에서 문제 되었던 여성 삶의 문제가 현대 사회에서는 더 이상 문제가 아니게 된 것과 관련 있을 것이다.

우리 고전소설 속 여성 영웅들이 그 능력을 발휘하는 방식은 대개의 경우 남장을 통한 것이다. 그도 그럴 수밖에 없는 것이 고전소설이 향유되던 당대 시기에는 여인들이 여인들의 모습으로는 사회적 활약을 할 수 없는 제약이 있었기 때문이다. 그래서 여성 영웅들은 여인으로서 능력을 발휘하는 것이 아니라 남성의 옷을 입고 남성의 정체성을 가지고 활약한다. 이 때문에 남장 모티프는 반드시 정체 탄로의 이야기 요소를 지니고 있다. 여성 영웅이 어떻게 하여 남자가 아니라 여자임을 들키게 되는가는 여성 영웅소설 작품마다 다양하게 나타나는데, 여기에서 정체 탄로 방식이 서사적 재미를 더하는 요소임을 알 수 있다.

여성 영웅소설의 남장 모티프와 관련하여 기존 연구에서 젠더의 문제로 접근하는 경우가 바로 이러한 문제에 주목한 결과이다. 〈힘쎈 여자 도봉순〉에 대해서도 마찬가지의 접근[60]이 가능할 것이다. 〈힘쎈 여자 도봉순〉이 여성의 힘에 대한 관심에서 시작되었음을 기획 의도에서 알 수 있다.

"인간이 사는 세상은 정글이나 다름없다. 혼돈 속의 질서를 바로잡는 법과 인간의 내재된 양심이 동물들이 지배하는 정글과의 차별점이긴 하나 처절한 약육강식, 힘의 논리 하에 움직이고 있음이 사실이다.

여성의 사회적 지위나 실존적 권위가 날이 갈수록 커지고 있다. 하지만 그 이면에는 추락하는 남성의 권위를 물리적 힘으로 가압하려는 역행성 범죄와 심리들 또한 보이지 않게 증가하고 있다.

"남자가 여자보다 나은 점은 털 많고 근육 많은 것 밖에 더 있어?" 라고 외치던 여자팀장은 늦은 밤 회식 후 남자 부하직원이 집 앞까지 에스코트 해주는 아이러니에 놓인다. 왜냐 그 털 많고 근육 많은 남자의 물리적 힘이 나쁜 남자 인간들에 의해 나쁘게 쓰이고 있기 때문이다. 여자는 그래서 털 많고 근육 많은 그러나 좋은 남자에게 한없이 끌린다. 자기가 가지지 못한 걸 가지고 있어서다.

---

60 이러한 접근을 '이혜리, 「텔레비전 드라마 「힘쎈 여자 도봉순」의 낭만적 사랑과 '무해한 남성성'의 출현」, 『인문사회 21』 11권 4호, 아시아문화학술원, 2020.'과 '김경민, 「괴물과 영웅 사이 – 판타지 드라마의 초능력 인물」, 『대중서사연구』 26권 1호, 대중서사학회 2020.'에서 볼 수 있다. 도봉순이 가진 자기 힘에 대한 인식을 상대 남성과의 관계를 중심으로 볼 때 〈힘쎈 여자 도봉순〉은 현대 사회에서 젠더 문제를 제기하는 드라마이다.

만일 여자가 남자보다 힘이 세다면 세상은 어찌 되었을까?
이 발칙한 상상에서 출발한 이야기가 세상 사람들에게 호쾌
하고 통렬한 다이돌핀을 줄 거라는데 난 조금도 망설임 없는
확신을 하며 드라마를 기획하였다."[61]

여성이 남성보다 우월한 힘을 가졌을 때 어떻게 될까라는
관심은 우리 여성 영웅소설과 맞닿아 있다. 그래서 도봉순의
영웅성 발현 방식을 살피는 것은 고전소설 속 여성 영웅과의
관련성을 파악하는 작업이 될 수 있다. 도봉순의 경우에는
남장을 통해 영웅적 활약을 하지는 않지만, 자신이 가진 능
력을 최대한 숨기고자 하는 데에서 남장 모티프와의 연관성
을 찾을 수 있다.

앞서 〈힘쎈 여자 도봉순〉에서 금기 요소의 활용을 통해
보았듯이, 도봉순이 자신이 가진 능력을 숨기는 가장 큰 이
유는 자신이 뽐내듯 힘을 발휘하다가 힘을 잃고 거기서 나아
가 재앙 같은 병을 앓게 될까 우려하는 마음 때문이다. 그런
데 이 한 가지 때문만이 아니라 좋아하는 남성과 세상 사람

---

61 〈힘쎈여자 도봉순〉 프로그램 정보
　　https://tv.jtbc.joins.com/plan/pr10010452

들의 시선을 의식해서이기도 하다. 자신이 좋아하는 남성이 괴력을 부리는 모습을 보고 행여 싫어하게 될까 하는 두려움, 그리고 세상 사람들이 자신을 구경거리로 삼을까 하는 두려움이 그것이다.

그렇지만 이러한 두려움에도 불구하고, 도봉순은 자신의 힘이 필요한 상황에서는 주저 없이 영웅성을 발휘한다. 아무 죄 없는 민간인에게 행패 부리는 용역 조직폭력배를 혼내주는 데 가담하는 것이나 연쇄 납치범을 잡기 위해 혼신을 다하는 것이나 안민혁의 경호원으로 일하면서 협박범을 잡는 것 등 도봉순은 자신의 도움이 필요한 상황에 처하면 최선을 다해 문제를 해결하고자 노력한다. 그런 점에서 도봉순은 충분히 영웅적 인물이라 할 수 있다.

도봉순의 이러한 영웅성 발휘는 남장을 하거나 다른 사람의 도움을 받는 방식이 아니라 자신이 갖고 있는 힘을 활용하는 방식인데, 이는 고전소설 중 〈박씨전〉과 유사하다. 〈박씨전〉의 주인공 박씨 부인도 자신이 가지고 있는 초현실적인 힘, 도술적 능력을 발휘하여 병자호란의 위험에서 나라를 구하기 때문이다. 박씨 부인은 다른 여성 영웅과 달리 남장을 하지 않고 영웅성을 발현한다. 도봉순의 경우에도 능력 발휘를 위해 어떤 복장을 해야 하거나 여성 정체성을 숨기지 않는다는 점에서 〈박씨전〉과 유사하다.

그렇지만 도봉순과 박씨 부인은 영웅성을 발현하는 대상에 큰 차이가 있다. 도봉순이 자신의 위력을 발휘하는 영역은 주로 범죄 퇴치인데 비해, 박씨 부인은 병자호란과 같은 전쟁이다. 이는 도봉순과 박씨 부인이 영웅으로서의 성격에 차이가 있음을 의미한다. 21세기 현대 사회에서 필요한 영웅은 박씨 부인과 같은 국가적 전쟁 영웅이 아니기에 이러한 차이가 생겼을 것이다. 요즘의 현대인에게 영웅이 필요한 영역은 사적이고 삶의 국면이자 일상생활이며, 특히 여성은 물리적 힘의 측면에서 약자의 위치에 처할 때가 많기 때문이다.

이러한 현대 사회에서 여성의 문제에 입각해서 보면 도봉순은 모든 사람이 부러워할 만한 영웅이다. 그럼에도 도봉순은 자신이 가진 대단한 힘에 대해 자랑스러워하기보다는 숨기고 싶어하고 평범한 삶을 살고 싶어하는 경향이 있었다. 이러한 지향성은 도봉순의 부친에게서도 확인할 수 있다. 13회에서 도봉순의 아버지는 "우리 봉순이 평범하게 살 수 있을까?"라고 말하며 봉순이를 보면 늘 마음이 아프다면서, 자기 일을 뭐 하나 제대로 하는 것도 아니고 힘만 세서 어디가서 사고나 치지 않을까 걱정된다고 한다. 도봉순 아버지의 이런 말은 도봉순이 가진 센 힘이 현대 삶에 별 쓸모 없다는 인식과 평범하게 사는 것이 제일 좋다는 현실주의를 드러낸다. 이는 현대 사회를 살아가는 여성에게 힘이 센 것이 좋을 것 같지만, 막상 도봉순처럼 센 힘을 가진 여성은 소위 잘 사는 삶을 살기 어려운 현실이라는 문제의식이다.

(3) 〈힘쎈 여자 도봉순〉의 여성 영웅 재생산 방식

◈ 영웅 일대기의 변용

이제까지 살펴보았듯이, 〈힘쎈 여자 도봉순〉에서 우리 고전소설 속 여성 영웅 형상과 서사를 발견할 수 있었다. 가장 핵심적으로는 도봉순이 가진 영웅적 능력의 근원이 혈통으로 전승되는 것이라는 데 있다. 이는 영웅의 탄생에 선조의 고귀함이 작용한다는 영웅 일대기 요소와 관련된다. 도봉순이 가진 영웅적 능력의 원천이 자신의 노력이나 습득이 아니라 선조에 의해 주어진 것이라는 점에서 〈힘쎈 여자 도봉순〉은 전통적 영웅 일대기를 수용한 것이라 할 수 있다.

다른 한편으로는 〈힘쎈 여자 도봉순〉에서 도봉순의 영웅적 행위가 자신의 가정이나 국가와 같은 특정 집단이나 공동체를 위한 것이 아니라 도봉순 주변의 일상생활 그리고 사적 관계와 관련하여 이루어진다는 점이 주목된다. 고전소설 속 여성 영웅은 영웅성의 발휘 목적이 남성 영웅과는 다른 경우가 많다. 남성 영웅의 능력 발휘가 가문을 일으키고 대대로 영화로운 삶을 영위할 수 있도록 하기 위한 것이라면, 여성 영웅은 자아 성취 혹은 복수와 같은 유교적 이념을 위한 것으로 나타난다. 이러한 여성 영웅의 영웅성 발휘 목적을 뚜렷한 어느 한 가지로 한정 짓기가 어려운데, 왜냐하면 여성 영웅은 결국 결혼하여 가정으로 돌아가는 결말을 보이기 때문이다.[62]

〈힘쎈 여자 도봉순〉은 이러한 고전소설 속 여성 영웅의 궤적을 변용하고 있는 것으로 판단된다. 도봉순의 경우 서사

---

62 여성 영웅의 이러한 점 때문에 여성 영웅소설 논의에서는 성 역할 문제가 끊임없이 제기되어 온 것으로 보인다. 정병헌은 이와 관련하여 일찌감치 "모든 여성 영웅소설이 종국적으로는 결혼에 이르지만, 이는 기존의 불평등한 혼인 구조를 타파하여야 한다는 메시지를 전달하기 위하여 선택된 것으로 본다. 이러한 이유에서 남성영웅은 입신양명으로 가문의 명예를 회복하고, 자아의 사회적 확대 실현을 목표로 하는 데 반하여, 여성영웅은 미완의 혼인의 완성을 그 목표로 하고 있다는 지적은 대상에 대한 올바른 이해라고 할 수 없다. 결혼과 함께 영웅성의 제시도 평등한 결혼을 위하여 선택된 하나의 제재라는 점에서, 여성 영웅소설에 있어 가장 핵심적인 문제는 성 갈등이라고 보는 것이 필자의 견해이다."라고 한 바 있다(정병헌, 「여성영웅소설의 서사 구조와 변이 양상 연구」, 『한국언어문학』 36, 한국언어문학회, 1996, 2쪽).

전개에서 영웅성의 발현이 자신의 개인적 이익과 관련이 있다기보다는 자신이 사랑하는 사람, 친구나 연인의 행복과 사회 정의와 같은 이타적 목적에 의해 이루어지는데, 결국은 사랑의 성취로 수렴된다. 이는 여성 영웅의 일생이 혼인으로 결말지어지는 것과 유사하다. 그리고 이 과정에서 도봉순은 성 역할에서 갈등을 겪기도 하는데, 이 역시 여성 영웅 서사와 궤를 같이하는 부분으로 보인다. 이에 대해서는 다음에서 좀더 자세히 살펴보도록 하자.

◈ 성 정체성 갈등의 애정 서사화

도봉순이 겪는 성 정체성 갈등은 도봉순이 막상 자신이 가졌던 힘을 잃게 되는 국면에서 표면화된다. 도봉순은 자신이 어마어마한 괴력을 가졌을 때에는 평범한 삶을 갈구하고, 자신의 능력을 숨기려고 하는 경향도 보이지만, 막상 그 힘이 자신에게서 사라지자 오히려 허전해하고 슬퍼하는 모습을 보인다. 이는 매우 역설적 감정이라고도 할 수 있다. 힘이 사라져 보통의 평범한 여성이 된 도봉순은 "난 더 이상 특별하지 않다…(중략)…더이상 다른 사람을 지켜줄 수도 없고…(중략)…나 도봉순은 이제 진짜 평범한 사람이 된 거다."라고 혼잣말을 하면서 변화된 자신을 받아들이기 위해 애쓴다.

재미있는 양상은 도봉순이 힘을 잃고 평범해지자 여성성이 강조되어 나타나고, 그에 비례하여 안민혁의 남성성이 부각된다는 것이다. 더 이상 힘이 세지도 않고, 다른 사람을 구할 능력도 없는 도봉순은 안민혁 앞에서 오롯이 보호해야 할 대상, 연약한 여성으로 간주된다. 도봉순이 보호해야 할 대상자가 되자, 도봉순의 대결자였던 납치범은 이제 안민혁을 대상으로 승부를 건다.

이렇게 보면 도봉순이 내적으로 겪는 여성성에 대한 갈등이 안민혁, 인국두와의 애정 관계로 서사화된다고 할 수 있다. 도봉순이 인국두를 만날 때마다 자신의 능력을 더욱 숨기려고 애쓰고, 연약한 여성으로 보이기를 노력하였던 점이 그것이다. 그런가 하면 도봉순이 실제로 괴력을 잃고 나서는 안민혁의 여인으로, 힘 있는 남성의 보호를 받아야 하는 여성으로 자리매김 된다.

그렇지만 〈힘쎈 여자 도봉순〉의 서사가 여기서 끝나지 않는다는 것이 의미심장하다. 이렇게 한 남자의 여인으로 도봉순이 평범한 여인으로 살아갈 듯이 서사를 전개해 가다가, 도봉순이 안민혁과 함께 폭탄에 터질 위험에 처하자 "제발 저 사람 살릴 수 있게 해주세요!"라고 간절히 기도함으로써 다시 힘을 회복한다. 도봉순이 힘을 잃었었다가 다시 갖게

고전소설과 문화콘텐츠

되는 것은 도봉순에게까지 전해진 『역량기』의 기록과는 다른 것이다. 이는 대개의 대중서사가 지향하는 행복한 결말을 위한 어쩔 수 없는 서사 전개라 할 수 있다. 만약 도봉순이 자신의 힘을 회복하지 못하였다면 도봉순과 안민혁은 폭파 장치에 의해 죽음을 맞게 되었을 것이기 때문이다. 장면 상으로는 도봉순이 절실하게 다른 사람을 위한 마음으로 기도했기 때문에 그 정성과 마음이 『역량기』를 움직인 것으로 보인다.

이러한 맥락으로 볼 때 〈힘쎈 여자 도봉순〉은 도봉순이 가진 힘으로 영웅적 활약을 하는 서사와 함께 안민혁과의 애정 서사를 동시 진행하면서 건전한 성 정체성을 갖게 되는 과정을 보여주고자 했다고도 평가할 수 있다. 도봉순이 힘을 잃었다가 다시 얻게 되는 과정을 실제로 경험함으로써 자신이 가진 힘의 가치와 함께 자신이 살아가야 할 삶에 대한 인식을 갖게 되었다 할 수 있다.

3. 고전소설과 다양한 문화콘텐츠 양식

(1) 〈심청전〉으로 웹툰 서사 만들기

〈심청전〉은 현대에 들어서 매우 다양한 양식으로 변용되며 자주 재생산되는 양상을 보이는 작품 중 하나이다. 1900년대 이래로 〈심청전〉은 유성기 음반으로, 만문만화로, 창극으로, 영화로, 만극으로 등등 새로운 매체에 적응하며 변용된 역사를 갖고 있다.[63] 이는 그만큼 〈심청전〉이 대중적 인기를 얻으며 사랑받은 작품임을 증명하는 것이기도 하다.

〈심청전〉의 매체 변용 역사는 지금도 계속되고 있다. 영화 〈마담 뺑덕〉과 같이 파격적 변형이 일어난 작품도 있고, 광고의 한 장면으로도 구현되기도 하고, 새로운 서사를 창조하여 시각화하는 웹툰으로도 활발히 창작되고 있다. 여기에

---

63 이에 대해서 필자가 전반적으로 개괄해 본 바가 있다(서유경, 「20세기 초 〈심청전〉의 대중성」, 『판소리연구』 42, 판소리학회, 2016.). 아울러 〈심청전〉뿐만 아니라 판소리 문학은 오랜 세월 동안 새로운 문화에 적응하며 새로운 양식으로, 새로운 서사로 새로운 것에 갈급한 향유층을 충족시켜 온 역사가 있다는 관점을 저서로 정리해 보기도 하였다(서유경, 『판소리 문학의 문화 적응과 확산』, 박문사, 2016.).

서는 특별히 웹툰이라는 문화콘텐츠 양식에 주목하면서 〈심청전〉과 관련지어 보고자 한다.

〈심청전〉을 원형 서사로 하면서 고유의 서사를 살려 영화 콘텐츠로 제작하는 방식은 2000년대 이후로는 별로 보이지 않는다. 이러한 방식의 문화콘텐츠화는 유아동을 위한 애니메이션 분야에서 유지되는 정도이다. 이는 〈심청전〉 고유의 서사를 오롯이 유지하는 서사가 현대에 새롭게 만들어지는 문화콘텐츠에 별로 맞지 않아서일 수도 있고, 향유층의 기대 바꾸어 말하자면 대중성을 충족시키지 못하기 때문이기도 할 것이다. 어쨌거나 최근의 동향은 원래의 〈심청전〉 서사를 활용하면서도 서사의 중요한 부분에 변형을 가하는 것으로 정리할 수 있겠다.

이렇게 〈심청전〉 서사의 변용이 요즘 들어 가장 활발하게 일어나는 현대 문화콘텐츠 양식이 웹툰이라고 판단된다. 이는 우선 웹툰이라는 양식 자체가 최근 향유층들에게 폭발적인 인기를 얻고 있는 상황과 관련 있을 것이다. 고전소설을 활용한 새로운 매체 변용이 일어나는 이유는 양식 변용을 위한 원천 서사의 필요 때문이다. 이는 문학사적으로 그리고 문화사적으로 확인할 수 있다.

웹툰이라는 양식에 대해 다음의 설명을 참조할 수 있다.

"웹툰은 웹(web)의 속성과 툰(toon)의 속성이 창조적으로 결합한 결과다. 웹툰은 웹을 통해 구현된다는 점에서 색소리·움직임의 다양한 감각적 자극과 사진, 음악, 동영상 등 다른 장르를 수렴적으로 결합시킴으로써 멀티미디어를 통합적으로 활용할 수 있게 되었다. …(중략)…웹툰은 향유자의 참여가 다양한 양상으로 실현되고, 그것이 텍스트의 안팎으로 영향을 줄 수 있는 매우 실험적이고 역동적인 장르다. …(중략)…아울러 웹툰은 ICT 발달에 매우 적극적으로 대응해 왔다는 점도 주목할 지점이다."[64]

위의 설명을 보면, 웹툰을 단순히 인터넷 상의 만화라고 생각할 것이 아니라는 것을 알 수 있다. 만화가 인쇄물로서 이차원적으로 고정된 양식이라면 웹툰은 만화보다 역동적이고 상호작용적인 양식으로 본다. 이는 만화의 기반 매체가 인쇄물이기 때문에 갖는 한계를 웹툰은 ICT, 인터넷 혹은 모바일이라는 훨씬 진보된 매체를 기반으로 하여 상당히 많이 극복했기 때문이다. 매체 발달의 측면에서 웹툰은 만화보다

---

64 박기수, 「웹툰 스토리텔링, 변별적 논의를 위한 몇 가지 전제」, 『애니메이션연구』 11(3), 2015, 45쪽.

우월한 양식이며 진일보한 양식임을 인정할 수밖에 없다.

　문화콘텐츠로서 웹툰이라는 양식이 가지는 가능성은 무엇보다 대중적 인기와 대량적이면서도 개별적인 향유 방식에서 찾을 수 있다. 기존의 대중적 매체 양식, 예를 들어 텔레비전 드라마나 영화에 비해 대량 공급의 가능성이나 수익성 보장의 측면에서 우월한 지위를 갖지 못할 것 같아 보임에도 불구하고 웹툰은 인터넷과 SNS 매체의 힘 때문인지 매우 영향력 있는 대중적 문화 양식으로 부상했다. 인터넷과 SNS 매체는 콘텐츠를 대량으로 공급하면서도 동시성과 비동시성을 모두 보장하고 그뿐만 아니라 개별적 향유도 가능하게 하며, 향유자들 간에 상호작용도 할 수 있는 기능을 제공하여 심지어 콘텐츠 생산의 방향도 바꿀 수 있도록 한다.

　문화콘텐츠 수용자의 입장이 아니라 생산자의 입장에서 보면 웹툰이 기반하고 있는 인터넷과 모바일 매체의 위력은 매우 대단하다. 영화나 텔레비전 드라마의 경우에는 제작을 위해 필요로 하는 자본이나 인력 확보가 큰 문제이다. 그에 비해 웹툰은 심지어 1인 제작도 가능한 것이어서 창작자의 입장에서 수월하고 효율적인 매체 양식이 될 수 있다. 실제로 웹툰을 제공하는 인터넷 사이트들을 살펴보면 얼마나 많은 창작자들이 다양한 웹툰을 만들어서 제공하는지 쉽게 알 수 있다. 그래서 이제 창작자에게 던져지는 문제는 어떻게 자신의 창작물, 웹툰이 많은 수용자들에게 수용될 수 있을 것인가 하는 것이다.

그리고 최근 들어서는 웹툰을 원형으로 삼은 영화나 드라마 콘텐츠가 제작되는 경향이 있어 웹툰이라는 창작물이 새로운 문화콘텐츠의 원형 서사를 제공하는 기능도 하고 있음을 볼 수 있다. 웹툰이 드라마나 영화의 소재가 되는 경우는 웹툰으로 제공될 때부터 대중적 인기를 얻었거나 탁월성이 인정되었을 때이다. 이는 웹툰으로서 인정받은 작품의 가치와 대중성을 발판으로 한 선택이라고 할 수 있겠다.

◈ 〈심청전〉을 바탕으로 한 웹툰 서사의 양상

〈심청전〉을 바탕으로 하는 웹툰 작품으로 〈그녀의 심청〉, 〈인당수를 아십니까〉, 〈심봉사전〉, 〈바람소리〉 등을 들 수 있다. 이 작품들은 연구자의 주목을 받아 논문을 통해 분석된 바도 있으며[65], 〈그녀의 심청〉[66]이나 〈인당수를 아십니

---

65 웹툰 〈그녀의 심청〉에 대한 소논문으로 다음을 들 수 있다. 김강은, 「고소설 문화콘텐츠를 통해 본 여성서사의 새로운 가능성 - 웹툰 〈그녀의 심청〉을 중심으로」,『한국고전여성문학연구』 41, 한국고전여성문학회 2020.; 허윤, 「페미니즘 리부트' 시대의 여성 간 로맨스 - 비완·seri, 〈그녀의 심청〉(저스툰, 2017~2019」,『대중서사연구』

까)⁶⁷는 학위논문으로도 다루어졌다. 〈심청전〉의 경우 특정 연령층에 제한되지 않고 폭넓게 향유된 특성이 있으며, 유아동을 위한 애니메이션은 작품은 지속적으로 창작, 향유되고 있다는 점에서 웹툰으로도 창작되는 양상이 당연하다고도 할 수 있다.

그런데 여기서 의미 있는 것은 고전소설 〈심청전〉이 판소리나 소설로 향유되는 데에서 나아가 수백 년을 거쳐오면서 다양한 문화 양식으로 변용되며 재생산된다는 것이다. 1930년대에 만극 〈모던 심청전〉과 같이 유머의 소재로도 활용된 양상은 지금도 여전히 지속되어 유머 만화로 만들어지기도 하였다.

이러한 〈심청전〉의 계속되는 변용과 재생산 양상은 모든

26권 4호, 대중서사학회, 2020.; 서보영, 「웹툰 〈그녀의 심청〉의 고전소설 〈심청전〉 변용 양상과 고전 콘텐츠의 방향」, 『어문론총』 88, 한국문학언어학회, 2021.
웹툰 〈심봉사전〉과 〈바람소리〉에 대한 논문으로는 '김선현, 「심봉사 생애의 재구성과 아버지의 길 찾기」, 『우리문학연구』 58, 우리문학회, 2018.'이 있다.
66 김지령, 「심청 서사의 현대적 변용: 『그녀의 심청』 읽기」, 한양대학교 대학원 석사학위 논문, 2021.
67 하은영, 「지역문화원형을 활용한 문화콘텐츠 국내사례 연구: 인천의 웹툰 '인당수를 아십니까'를 중심으로」, 인천대학교 대학원 석사학위 논문, 2020.

이들이 알고 있는 고전소설이라도 얼마든지 새로운 즐거움과 흥미의 원천으로 가치가 있음을 말해준다. 지금 논의하고 있는 웹툰으로 만들어진 〈심청전〉 변용 서사도 마찬가지의 맥락을 지닌다.

◈ 〈그녀의 심청〉

〈그녀의 심청〉은 고전소설을 원천 서사로 한 웹툰 작품 중에 단연 돋보인다. 그것은 관련된 논의들이 비교적 풍부하다는 데에서도 알 수 있다. 〈그녀의 심청〉에 대한 평가는 다음 논의를 참조할 수 있다.

"〈그녀의 심청〉은 몇 가지 측면에서 관심을 가질 만하다. 〈그녀의 심청〉은 웹툰 플랫폼의 하나인 저스툰(justoon)에서 2017년 9월 12일부터 2019년 3월 26일까지 연재되어 총 80화로 종료되었다. 2018 오늘의 우리만화로 선정되었으며 일본어 중국어 태국어를 비롯한 3개 국어로 번역되었다. 완결 이후 카카오 페이지에 소개된 〈그녀의 심청〉은 일주일만에 전체 인기순위 3위를 기록하였다. 해외에서의 인기 역시 대단하여 중국의 콰이칸(快看), 일본의 코미코(comico), 프랑스의 델리툰(delitoon) 등의 웹툰 플랫폼에서 모두 20위권 내외에 속했다. 국내에서의 인기뿐만 아니라 전혀 다른 콘텐츠 트렌드를 보이는 3개국에서 동시에 높은 순위를 기록했다는 점에서 상업적 성공을 이룬 셈이다. 이외에도 〈그녀의 심청〉은 원소스멀티유즈(one source multi use)로서의 가능성 역시 기대되는 작품이다. 외권(外券)을 포함하여 총 8권의 단행본과 엽서, 노트, 포스트잇, 텀블러, 팔찌와 같은 굿즈(goods)가 제작되었다. 2020년 오디오드라마 서비스를 시작하였으며 스튜디오앤뉴에 판권이 팔리면서 영상화될 예정이다. 끝으로 이 작품은 여성 간 로맨스를 다룬 GL(Girl's Love) 서사로 페미니즘 리부트(reboot) 시대 서브컬쳐적 대안으로 관심을 받고 있다."[68]

다소 길지만 이렇게 전체적으로 인용해 본 것은 〈그녀의 심청〉에 대한 긍정적 평가가 심상치 않기 때문이다. 그간 어떤 웹툰 콘텐츠가 성공을 거둔 사례는 적지 않다. 그런데 〈그녀의 심청〉은 고전소설을 근간으로 한 웹툰으로서 〈심청전〉의 원래 서사를 충분히 활용하면서도 〈심청전〉을 읽으면

---

68 서보영, 「웹툰 〈그녀의 심청〉의 고전소설 〈심청전〉 변용 양상과 고전 콘텐츠의 방향」, 『어문론총』 88, 한국문학언어학회, 2021. 38쪽.

누구나 궁금해할 만한 질문에 답하는 새로운 서사를 펼쳐나 간다는 점에서 더욱 긍정적인 평가를 하게 된다.

〈그녀의 심청〉은 0화에서부터 시작하는데, 서사의 시작은 한 소년이 필사하는 〈심청뎐〉으로 제시가 되며 유리국 도화 동에 눈먼 아버지를 모시면서 살아가는 소녀가 있었다고 서 술한다. 그리고 주막에서 심청에 대해 이야기하는 사람들의 말이 나온다. 심청이 성장하여 15세이며 모친을 닮았다는 이야기, 태어난 지 7일 만에 모친을 잃고, 일곱 살부터 혼자 동냥하여 봉양하고 있다는 등이다.

봉사의 딸 심청은 태어난 지 7일 만에 어머니를 잃고 동냥 젖을 먹으며 아버지 손에서 자라나 일곱 살부터 혼자 동냥을 다니며 아버지를 극진히 모셨다지. 그런데 심청이 15살 되던 해 아버지 심 봉사가 공양미 삼백 석을 시주하면 눈을 뜰 수 있다는 몽은사 화주승의 말에 덜컥 시주를 약속하고 공양미 삼백 석을 도저히 마련할 수 없었던 심청은 삼백 석을 대신 내줄테니 수양딸이 되라는 장 승상 댁 부인의 제안도 거절하 고 인당수에 던질 제물을 구하는 남경 상인들에게 팔려가기 로 했단다.

여기서 가장 중요한 질문은 "수양딸이 되라는 장 승상 댁 부인의 제안도 거절하고"에 대한 것이다. 심청은 왜 장 승상 댁 부인을 거절한 것인가가 화두이다. 〈그녀의 심청〉의 전체 서사를 정리하면 다음과 같다.

─유리국 도화동에 눈먼 아버지를 모시고 사는 15세 소녀 심청이 있었다. 그녀는 거지 모습을 하고 구걸을 다니며 때로는 남의 돈을 훔치기도 하였다.

─어느 날 심청은 물가에서 죽게 해달라고 빌다가 같은 소원을 비는 여인을 보고 구해준다. 그녀는 장 승상 부인의 후처로, 어려운 집안 사정 때문에 15세라는 어린 나이에 원치 않은 결혼을 한 것이다. 그녀의 오빠는 인당수에서 황금빛 자라를 잡아 장 승상에게 바쳤는데, 그것을 먹은 장 승상이 첫날밤에 쓰러진다. 이후 인당수에는 상서롭지 않은 일들이 발생하고 마을에는 새신부가 둔갑한 여우라는 소문이 돈다.

─심청은 몽은사에서 불공을 드리러 온 장 승상 부인과 재회한다. 장 승상 부인은 또래인 심청에게 장 승상의 병구완을 도와줄 것을 청한다.

─심청과 장 승상 부인은 점차 마음을 나누는 사이가 되고

심청은 장 승상 부인의 덕으로 생계를 유지한다.

- 마을의 유명한 무속인인 **뺑덕어미**는 심청의 점괘를 본 후 장 승상 부인을 멀리하라고 심청에게 경고한다. **뺑덕어미** 는 덕이라는 아이를 혼자 낳아서 키웠는데, 덕이를 두고 일하러 나간 사이에 집에 불이나 덕이의 온몸에 물집이 생 겼다. 부덕한 여자가 자식까지 망쳤다며 사람들은 그녀를 **뺑덕어미**라고 불렀다.

- 장 승상 부인과 전처의 며느리 사이에 갈등이 생긴다. 며 느리는 시녀에게 승상의 약에 독성이 있는 살구씨 가루를 넣도록 하여 범인을 장 승상 부인으로 몰았다. 모함을 받 은 장 승상 부인은 손가락을 자르는 시늉을 하여 사람들의 칭송을 받는다. 그렇지만 며느리의 모함이 계속되자, 장 승상 부인과 심청이 함께 함정을 만들어 며느리에게 복수 한다. 마침내 장 승상 부인은 훌륭한 안주인이라는 칭송을 받는다.

- 장 승상 부인은 심청에게 예법을 가르친다. 모두가 꺼리던 거지 심청이는 어느새 도화동의 효녀가 되어 마을 사람들 의 귀감이 된다. 마을 사람들은 심청이가 훌륭한 장 승상 부인을 만나 변했다고 칭찬한다.

- 심청과 장 승상 부인은 죽은 장 승상의 본처와 심청의 어머

고전소설과 문화콘텐츠

니가 오랜 벗이었다는 사실을 알게 되고, 장 승상의 본처가 심청 어머니에게 주었던 옥반지를 다시 돌려주려 사당에 간다. 거기서 심청과 장 승상 부인은 평생 희생하며 살고, 죽어서도 규율에 갇히는 여성들의 삶에 회의를 느낀다.

─장 승상의 죽음이 점점 다가오고, 장 승상 부인과 심청을 둘러싼 남성들─장 승상의 아들과 몽은사 화주승, 의원, 마을 사람들 등─의 폭력과 위협이 지속된다.

─장 승상의 아들은 용왕을 위한 제사와 축제를 열어 장 승상 부인을 죽이려는 계획을 세운다. 장 승상의 아들이 장 승상 부인에게 창을 겨누지만 뺑덕어미가 장 승상 부인을 구한다.

─장 승상이 죽을 때 장 승상 부인이 임종하지 못한 것이 문제가 된다. 장 승상 부인은 거짓말로 위기를 모면하지만, 장 승상 부인이 자기 대신 심청을 인당수 제물로 바치려 했다는 사실이 밝혀진다. 장 승상이 쓰러지던 날, 뺑덕어미가 용왕의 노여움을 풀기 위해 인당수 제물, 즉 용왕의 새 신부를 바쳐야 한다고 했기 때문이다.

─몽은사 화주승은 장 승상 아들의 지시를 받아 심 봉사를 떠밀어 물에 빠뜨리고, 다시 꺼내어 구해준다. 그리고 공양미 삼백 석을 시주하면 눈을 뜰 수 있다 하자 심봉사가

시주책에 이름을 올린다. 이후 장 승상의 아들이 보낸 자객이 몽은사 화주승을 죽이고, 시주책을 불전에 올려둔다.

―공양미 삼백 석을 구할 방법이 없자 심청은 인당수의 제물을 자처한다. 이를 알게 된 장 승상 부인은 심청을 불러 수양딸이 될 것을 제안하지만 심청은 이를 거절하고, 인당수의 제물이 되기를 선택한다. 심청은 심 봉사에게 장 승상 부인의 수양딸로 가기로 했다고 거짓말을 하는데, 심 봉사는 체면과 안위만을 걱정한다.

―심청의 행선 날 장 승상의 아들은 장 승상 부인을 열녀로 만들기 위해 목을 조르고, 장 승상 부인은 장 승상 아들의 다리를 칼로 찔러 극적으로 탈출한다.

―장 승상 부인은 장 승상 아들이 누워있는 안채에 불을 지르고, 승상의 배를 갈라 죽은 자라의 잔여물을 꺼내어 심청을 구하러 간다. 장 승상 부인은 심청이 탄 배를 쫓아가 난파된 배에서 둘이 함께 용왕에게 죽은 자라의 잔여물을 바친다.

―인당수의 재앙은 아들 황금자라를 잃은 엄마 용왕의 분노 때문이었음이 밝혀진다. 이후 인당수의 재앙은 끝나고 심청과 장 승상 부인은 남장을 하고 함께 길을 떠난다.

위에서 보듯이, 〈그녀의 심청〉에서 〈심청전〉 고유의 서사, 즉 심청이 심 봉사를 봉양하며 사는 효녀이며 구걸을 하고 살았다는 것, 심청이 인당수의 제물이 된다는 것, 장 승상 부인이 심청에게 공양미 삼백 석 변제를 제안했다는 것 등이 확인된다. 그리고 고전소설 〈심청전〉에는 구체화되어 있지 않은 장 승상 부인의 수양딸 제안 이유와 심청의 거절 이유 등이 제시된다.

〈그녀의 심청〉에서 발견할 수 있는 〈심청전〉 서사의 변용 중 중요한 지점은 심청의 생환 방법이다. 이는 〈심청전〉 전승에서 가장 뚜렷이 나타나는 변용 요소 중 하나이다. 잘 알다시피 고전소설 〈심청전〉에서 심청은 아버지의 눈을 뜨게 하기 위해 인당수 제물을 자처하고 물에 빠지지만 용왕의 도움으로 환세한다. 그런데 근대 시기 이후, 심청의 환세 서사는 현실성 측면에서 주로 거부되었던 역사가 있다.[69]

또한 〈그녀의 심청〉에서는 고전소설 〈심청전〉에는 최소화되어 있는 심청의 사랑에 대한 궁금증을 해소하는 서사를 펼친다. 애정 서사가 나타나지 않는 고전소설 〈심청전〉의

---

69 1916년 출간된 박문서관본 〈심청전(몽금도전)〉이 그 대표적인 사례라 할 것이다. 이후로 작가에 의해 재생산된 〈심청전〉에서 환세 서사는 다른 서사로 대체되는 양상을 보인다.

서사는 매우 특이한 면이 있다. 보통의 여성 주인공 소설에서 가장 중요한 서사가 대개의 경우 결연 서사 혹은 애정 서사이기 때문이다. 이러한 〈심청전〉의 특성을 〈그녀의 심청〉에서는 두 여인 사이의 연대 혹은 애정 관계로 풀어내고 있다.

〈그녀의 심청〉이 많은 관심을 받은 맥락 속에는 〈심청전〉을 변용하여 서사를 구축하면서 여성 간의 로맨스라는 다소 파격적인 이야기 때문인 것으로 보인다. 사실 근대 이후로 〈심청전〉의 재생산 양상 속에서 발견할 수 있는 새로운 서사의 경향은 심청의 사랑 혹은 심 봉사의 사랑과 관련된다 할 수 있다. 최근 들어 만들어진 황석영의 소설 〈심청〉이나 영화 〈마담 뺑덕〉을 대표적인 예로 들 수 있다.

한편 〈심청전〉의 변용 역사 맥락에서 볼 때 가장 핵심적인 변화의 축은 심 봉사 관련 서사이다. 어쩌면 심 봉사와 관련한 서사의 변화는 이미 〈심청전〉 이본 생성 단계에서부터 이루어졌다고도 볼 수 있다.[70] 그런데 근대 시기를 거치면서 〈심청전〉 변용 서사 과정에서 심 봉사를 전면에 내세

---

70 대표적으로 완판본 계열 〈심청전〉에서 심 봉사 관련 서사가 확연히 풍부해진 것을 들 수 있을 것이다.

고전소설과 문화콘텐츠

우는 경우가 눈에 띈다. 채만식이 희곡 〈심봉사〉를 창작한 것을 대표적으로 들 수 있을 것이다. 웹툰 창작물 중에서도 심 봉사를 전면에 내세우고 있는 작품이 있어 주목되는데, 그것이 바로 〈심봉사전〉과 〈바람소리〉이다.

〈심봉사전〉과 〈바람소리〉[71]는 앞을 못보는 맹인이지만 협객으로 활약하는 서사를 중심으로 전개된다. 심 봉사의 형상을 무사로 만들어내는 서사가 매우 흥미롭다고 할 수 있을 것이다. 이는 1930~40년대에 채만식이 〈심청전〉을 바탕으로 새롭게 쓴 희곡 〈심봉사〉 2편과는 사뭇 다른 방향의 새로운 서사이다. 채만식의 〈심봉사〉 2편 중 한 편은 원전 〈심청전〉의 원래 서사를 비교적 충실히 구현하다가 심청이 인당수에 투신한 후 죽고 나서 장 승상 부인의 요구로 심청이 역할을 한 궁녀 덕분에 눈을 뜬 심 봉사가 결국은 눈을 찌른다는 내용이다. 다른 한 편은 심청이 인당수에 빠져 죽고 심 봉사가 나중에 눈을 뜨지만 결국 자신의 눈을 찌르고 만다는 설정은 동일하지만, 심청의 약혼자 송달과 송달을 마음에 두고 있는 주막집 여인 홍녀라는 인물을 추가하여 새로

---

71 이에 대해서는 '김선현, 「심봉사 생애의 재구성과 아버지의 길 찾기」, 『우리문학연구』 58, 우리문학회, 2018.'에서 면밀히 검토된 바 있다.

운 서사를 만들어내고 있다.

그런가 하면, 고전소설 〈심청전〉보다 한층 더 앞선 단계, 즉 소설화되기 이전의 관련 설화를 바탕으로 지역문화 콘텐츠로 재생산이 이루어지기도 하였다. 이 경우가 바로 〈인당수를 아십니까〉이다. 〈인당수를 아십니까〉는 인천시에서 주도한 공모전을 통해 창작과 향유가 이루어졌다는 점에 특이성이 있다. 지역문화 활성화를 위해 특정 공간이나 인물 유적, 역사적 사실과 관련된 요소를 문화콘텐츠로 개발하는 것이 한때 매우 활발하게 진행되었다. 〈인당수를 아십니까〉역시 이런 노력 중의 하나로 이해할 수 있을 것 같다.

〈인당수를 아십니까〉에서 흥미로운 부분은 이 웹툰의 핵심 서사는 고전소설 〈심청전〉의 서사가 끝난 지점에서 서사를 시작하고 있다는 것이다. 마치 경판 계열 〈심청전〉에서 후일담이 길게 이어진 부분을 현대 문화에서 새롭게 창조한 것처럼 보이기도 한다. 그런데 이렇게 보더라도 〈심청전〉 경판 계열에서의 후일담보다는 훨씬 재미있다는 것이 긍정적인 측면일 것이다.

◈ 〈심청전〉 재생산의 원동력-해석의 쟁점

이제까지 이루어진 〈심청전〉의 양식 변용 혹은 매체 변용 서사의 맥락으로 볼 때 〈심청전〉 재생산의 원동력은 원전 〈심청전〉이 가진 풍부한 해석 가능성이라 할 수 있겠다. 1900년대 이후로 〈심청전〉 재생산은 심청의 인당수 행 선택에 대한 문제의식, 심 봉사의 아버지 자격에 대한 의문, 심청과 심 봉사와 같은 처지의 곤궁한 사람들에 대한 공동체의 역할 등등 관점을 달리할 수 있는 쟁점을 중심으로 이루어졌다 할 수 있다.

앞서 살펴본 〈그녀의 심청〉은 〈심청전〉에서 심청의 인당수행 선택 과정에서 왜 심청이 장 승상댁 부인의 수양녀 제안을 굳이 거절한 것인가에 대한 질문에서 시작된 것으로 보인다. 그래서 서사의 중심에 심청의 서사뿐만 아니라 장 승상댁과 부인의 서사가 새로이 부상된다. 그리고 이 과정에서 심청의 사랑에 대한 파격적 상상이 첨가된다. 이러한 고전소설 〈심청전〉에 대한 새로운 해석의 시도가 웹툰으로 만들어진 결과에 현대의 향유자들이 긍정적으로 반응한 것이다. 정리하자면, 〈그녀의 심청〉은 심청의 애정 서사와 장 승상 댁 부인의 서사를 결합함으로써 서사를 진행하는 극적 힘을 부여하고, 이것이 수용자의 열렬한 반응을 이끌어내었다고 볼 수 있다.

장 승상 댁 부인에 대한 관심은 1930~40년의 채만식의 희곡 〈심봉사〉에서도 발견되는 요소이다. 장 승상 댁 부인에 대한 서술 정도는 〈심청전〉 이본사에서 〈심청전〉 자료의 선후를 가리는 중요한 기준이 된다.[72] 그런데 다른 한편으로 장 승상 부인의 존재는 심청의 절실한 문제, 즉 공양미 삼백 석을 구하기 위해 자신의 몸을 팔아야 하는 절박한 문제에 대한 유일한 구원의 손길이라는 의미가 있다. 만약 장 승상 부인이 내미는 도움의 손길이 좀더 강력했더라면 심청이가 인당수에 빠져 죽지는 않았을 것 아닌가 하는 독자의 의문이 충분히 가능하다. 그래서 〈심청전〉에서 장 승상 댁부인 존재의 의미를 어떻게 생각해야 하는가 하는 문제가 제기되고 이에 답하는 새로운 서사가 새로운 매체 양식으로 변용되어 제시된 것이 문화콘텐츠로 재생산된 〈심청전〉이라 할 수 있다.

〈심청전〉에서 심 봉사의 문제는 딸 팔아 먹은 아비, 눈이 멀어 자식도 제대로 못 키웠으면서 자기 눈 뜨려고 심지어 딸 자식 죽게 한 비정한 아비와 같은 부모다움에 대한 것이다. 〈심청전〉의 다양한 이본 생성 과정에서부터 심 봉사의 부모다움에 대한 이견이 길항하고 있음을 알 수 있다. 심 봉

---

72 이에 대해서 대표적으로 '김종철, 「〈심청가〉와 〈심청전〉의 "장승상 부인 대목"의 첨가 양상과 그 역할」, 『古小說 硏究』 35, 한국고소설학회, 2013.'을 참조할 수 있다.

사의 철없는 행동이나 눈뜨고 싶은 욕망이 강조된 이본이 있는가 하면 사람됨과 부모됨에 대해 고민하는 심 봉사의 모습이 나타난 이본도 있는 것이다. 이는 많은 향유자들이 〈심청전〉을 읽으며 이러한 문제를 고민했음을 보여주는 증거이기도 하다.

마찬가지 맥락에서 현대에서 재생산되는 〈심청전〉 관련 문화콘텐츠들이 '심 봉사'를 표제로 하여 만들어지거나 장 승상 부인이나 뺑덕어미 서사를 풍부하게 하는 현상을 해석해 볼 수 있다. 이 모든 양상이 〈심청전〉이 가진 해석의 쟁점과 관련된 것이며, 그것이 〈심청전〉의 지속적 재생산과 매체 변용의 힘이 된 것이라 할 수 있다.

(2) 고전소설과 관련된 다양한 문화콘텐츠 양식

고전소설을 바탕으로 만들어진 문화콘텐츠 양식으로는 이제까지 살펴본 영화, 드라마, 웹툰뿐만 아니라 광고, 게임, 대중가요, 뮤지컬, 축제나 전시 등 온/오프라인에서 이루어지는 각양의 문화 전반에 걸쳐 다양하게 존재한다. 텔레비전이나 모바일과 같은 온라인으로 제공되는 문화콘텐츠가 아니더라도 지방문화, 관광과 관련하여 활성화된 문화콘텐츠

도 꽤 풍부한 편이다.[73]

　문화콘텐츠의 향유로 볼 때 새로운 콘텐츠에 대한 필요가 많을 것으로 예상되는 부분은 게임 분야이다. 게임이라는 문화콘텐츠 양식이 영화나 텔레비전 드라마에 비해서는 덜 대중적이라고 느껴질지 모르지만, 특정 세대가 즐겨하는 양식이 무엇일까라는 관점으로 접근하면 게임은 매우 인기 있고 대중적인 양식이다. 그래서 문화산업의 측면에서도 차지하는 비중이 크다고 할 수 있을 것이다.

　게임과 관련하여 고전소설을 활용할 수 있는 부분은 전체 게임 진행 과정을 만드는 서사와 게임을 구성하는 캐릭터 등이다. 연구 현황을 보면 게임과 고전소설을 관련지은 연구들이 상당히 풍부하게 이루어진 편이다. 이들 연구에서는 게임 서사로 활용할 만한 고전소설 작품을 중심으로 하여 향후 개발 가능한 게임의 형태와 내용을 설계하여 제시하기도 하고, 게임 서사와 고전소설이 관련될 수 있는 방식에 대하여 모색하기도 한다. 그런데 실제 고전소설을 원형으로 하고 있는 게임 스토리텔링이 얼마나 활발하게 이루어지고 있는지에

73　이는 앞에서 문화원형을 검토할 때 언급된 전통문화와 관련된 문화콘텐츠가 여기 해당한다.

대해 정확하게 파악하기는 어려운 상황인 듯하다.

문화산업 측면에서 볼 때 또 한 가지 중요한 문화콘텐츠를 들자면 광고이다. 광고는 우리의 생활 자체라고 할 수 있을 만큼 실생활과 밀접한 관련을 가진다. 광고라는 양식은 모든 종류의 매체 양식에 적응하며 만들어진다고 할 수 있다. 이는 텔레비전, 영화, 신문, 잡지, 라디오 등 각종 매체에서 만들어지고 제공되기 때문이다.

만약 광고 콘텐츠와 관련하여 고전소설의 가치가 무엇일지 고려해 본다면 고전소설의 보편성에서 찾을 수 있다. 달리 말하자면 광고에서 고전소설 등의 고전문학을 활용하는 가장 중요한 이유는 대부분의 향유층이 알고 있는 내용이라는 지식 기반 때문일 것이다. 한국 사람이라면 누구나 알고 있을 고전소설의 서사를 기저에 깔고 새롭게 변용하여 제시하면 향유층들이 고전소설에 대해 이미 알고 있는 지식을 바탕으로 새로움을 즐길 수 있게 되는 것이다.

예를 들어 어떤 광고에서 〈심청전〉을 활용하여 10초 가량의 동영상 매체 양식으로 광고를 제작하였다고 가정하자. 이 광고에서 고전소설 〈심청전〉의 서사를 그대로 활용하든지, 혹은 새롭게 바꾸었든지 간에 〈심청전〉을 활용했다는 판단이 들도록 하는 것의 장점은 대부분의 향유자들이 〈심청전〉

서사를 알고 있다는 것이다. 광고 생산자나 의뢰인 입장에서는 기존 서사에 대한 익숙함을 업고 수용자에게 다가가기 때문에 훨씬 친숙하게 접근할 수 있다. 수용자들의 입장에서는 원래의 〈심청전〉 서사를 알고 있기 때문에 그것과 다른 지점에 주목하고 반응하게 된다.

우리 고전소설을 원형으로 삼고 있는 문화콘텐츠 양식의 또 다른 예로 대중가요나 무용 콘텐츠 등의 연행 양식을 들 수 있다. 최근 들어 선풍을 일으킨 이날치밴드의 노래들에서 이러한 사례를 볼 수 있다. 이날치밴드에 대해 "판소리 신드롬 이날치밴드 '조선힙합'"[74]이라고도 하고, 이날치밴드가 판소리 〈수궁가〉를 바탕으로 《수궁가》라는 앨범을 발표한 것에 대해 판소리를 문학의 가치로 이해하게 한 것[75]이라고 평가하기도 하였다. 이날치밴드의 작업은 〈수궁가〉라는 판소리 표제를 그대로 활용하고 있다는 점에서 판소리나 고전소

---

74 한재원, 「판소리 신드롬 이날치밴드 '조선 힙합'」, 『월간 샘터』 611, 샘터사, 2021, 95쪽.

75 임형택, 「'이날치' 수궁가와 문화콘텐츠 이상의 문학적 가치 : 범은 어떻게 이름을 남기는가?」, 『인문콘텐츠』 60, 인문콘텐츠학회 2021. 109-132쪽. 이 논문에서 판소리 〈수궁가〉의 원 서사를 어떻게 활용하고 있는지를 분석하고, 이날치밴드가 판소리의 음악 형식을 변환한 방식, 청충과 호흡하며 연행하는 방식 등 다각적으로 살피고 있다.

설과의 관련성을 직접적으로 밝히고 있다 할 수 있다. 그러면서도 〈수궁가〉의 내용이나 형식을 현대적으로 재해석해냄으로써 현대인의 감성과 취향을 충족시키고 있어 매우 고무적이다.

이날치밴드 이전에 고전소설을 원형으로 한 대중가요로 육각수의 〈흥보가 기가막혀〉를 들 수 있다. 〈흥보가 기가막혀〉는 1995년 MBC 강변가요제에 출품된 노래로 이 역시 흥이 나는 댄스곡이다. 그 가사를 보면 다음과 같다.

> 얼쑤!헛! 헛! 헛! 헤이야 헛!
>
> 헤이야 아~~ 헤야라 흥바라 흥바라 흥바라 헤야
>
> 아~~ 헤야라 흥바라 흥바라 흥바라 헤야
>
> 아~ 헤야라 흥바라 흥바라 흥바라 헤야 아~~~
>
> 흥보가 기가막혀~ 흥보가 기가막혀~
>
> 흥보가 기가막혀~ 흥보가 기가막혀~
>
> 흥보가 기가막혀~~~
>
> 아이고 성님 동상을 나가라고 하니
>
> 어느 곳으로 가오리오 이 엄동설한에
>
> 어느 곳으로 가면 산단 말이요 갈 곳이나 일러주오
>
> 지리산으로 가오리까 백이숙제

주려 죽던 수양산으로 가오리까

아따 이놈아 내가 니 갈곳까지 일러주냐

잔소리말고 썩 꺼져라

해지는 저녁들녘 스며드는 바람에

초라한 내몸 하나 둘 곳 어데요

어디로~ 아 이제난 어디로 가나 이제 떠나가는 지금 허이여

헛! 굳게 다문 입술사이로 쉬어진 눈물이 머금어진다

무거워진 가슴을 어루만져 멀어진 기억속에 담근다

슬프래져가는 노을 넘어로 소리내어 비워본다

어디서부터 잘못 됐나 이제나는 어디로 가나

갈 곳 없는 나를 떠밀면 이제 난 어디로 가나~

헛! 허이헛! 얼~~~쑤~~~ 헛! 허이헛! 얼~~~쑤~~

안으로 들어가며 아이고 여보 마누라

형님이 나가라고 하니 어느 명이라 안 가겠소

자식들을 챙겨보오 큰 자식아 어디 갔냐

둘째 놈아 이리 오너라

이사짐을 짊어지고 놀부 앞에다 늘어놓고

형님 나 갈라요

해지는 저녁 들녘 스며드는 바람에

초라한 내 몸 하나 둘 곳 어데요

고전소설과 문화콘텐츠

어디로~ 아~ 이제 난 어디로 가나 이제 떠나가는 지금 허이여

흥보가 기가막혀! 흥보가 기가막혀!

흥보가 기가막혀! 흥보가 기가막혀! 흥보가 기가막혀~~~[76]

이렇게 대중가요에서도 고전소설이 활용되는 양상에서 고전소설과 현대 문화콘텐츠의 관련짓는 것이 더욱 적극적으로 다양하게 이루어질 수 있음을 확인할 수 있다. 고전소설과 현대의 문화콘텐츠를 연결하는 작업에는 고전소설에 대한 적절한 이해가 우선적으로 필요하지만 그것만으로는 충분하지 않다. 무엇보다 현대 문화의 요구나 수용자의 기대에 부응할 수 있어야 한다. 고전소설을 활용하는 의도가 아무리 훌륭하다고 할지라도 결과적으로 산출된 문화콘텐츠가 수용자나 향유층을 만족시키지 못한다면 더 이상 문화 양식으로 기능할 수 없게 되기 때문이다. 앞으로도 신선한 문화콘텐츠 양식으로 우리에게 새롭게 다가올 고전소설을 기대하며 이만 글을 마무리하고자 한다.

---

[76] https://vibe.naver.com/track/1970960

참고문헌

강나연, 「한국 바둑설화의 문화콘텐츠 활용 방안 연구」, 명지대학교 대학원 박사학위논문, 2012.

강소희, 「뉴미디어를 활용한 한국문화 교육 콘텐츠 개발 방안 연구 : 한류 기반 학습자를 대상으로」, 한국외국어대학교 대학원 석사학위논문, 2020.

강완정, 「'사마상여(司馬相如)와 탁문군(卓文君)'의 스토리 콘텐츠 개발 연구 : 문화관광 콘텐츠 중심으로」, 한국외국어대학교 대학원 석사학위논문, 2016.

고운기, 「문화원형의 의의와 삼국유사」, 『한문학보』 24, 우리한문학회, 2011.

곽경화, 「영웅서사원형 문화콘텐츠를 활용한 진로수업 방안」, 한국교원대학교 교육대학원 석사학위논문, 2020.

권순긍・옥종석, 「고전소설과 콘텐츠, 그 제작 양상과 개발의 전망 : 영화콘텐츠를 중심으로」, 『한국고전연구』 43, 한국고전연구학회, 2018.

김강은, 「고소설 문화콘텐츠를 통해 본 여성서사의 새로운 가능성 – 웹툰 〈그녀의 심청〉을 중심으로」, 『한국고전여성문학연구』 41, 한국고전여성문학회 2020.

김경민, 「괴물과 영웅 사이 – 판타지 드라마의 초능력 인물」, 『대중서사연구』 26권 1호, 대중서사학회 2020.

김교빈, 「문화원형의 개념과 활용」, 『인문콘텐츠』 제6호, 2005.

김기덕, 「문화원형의 층위(層位)와 새로운 원형 개념」, 『인문콘텐츠』 6, 인문콘텐츠학회, 2005.

김기덕, 「문화콘텐츠의 등장과 인문학의 역할」, 『인문콘텐츠』 28, 인문콘텐츠학회, 2013.

김기정, 「문화콘텐츠 개념(槪念)과 의의(意義)에 관한 연구」, 동국대학교 대학원 석사학위논문, 2008.

김미조, 「문화원형을 활용한 문화콘텐츠 개발 사례 연구 : 요괴와 도깨비를 중심으로」, 한국외국어대학교 대학원 석사학위논문, 2016.

김선현, 「심봉사 생애의 재구성과 아버지의 길 찾기」, 『우리문학연구』 58, 우리문학회, 2018.

김선현, 「〈흥부전〉의 영화화, 그 양상과 의미」, 『한국콘텐츠학회 종합학술대회 논문집』 5, 한국콘텐츠학회 2019.

김영순, 「문화자본과 콘텐츠의 만남」, 『문화콘텐츠학의 탄생』, 다할미디어, 2011.

김종철, 「〈심청가〉와 〈심청전〉의 "장승상부인 대목"의 첨가 양상과 그 역할」, 『古小說 研究』 35, 한국고소설학회, 2013.

김지령, 「심청 서사의 현대적 변용 : 『그녀의 심청』 읽기」, 한양대학교 대학원 석사학위 논문, 2021.

김지희, 「문화콘텐츠 속 여성상의 변화 양상」, 중앙대학교 대학원 석사학위 논문, 2016.

김진영, 김현주 역주, 『흥보전』, 박이정, 1997.

김창호, 「문학공간의 문화콘텐츠화 연구 : 광주 전남 지역을 중심으로」, 전남대학교 대학원 박사학위논문, 2010.

김탁환, 「디지털 콘텐츠와 고전 - 원 소스 만들기를 중심으로」, 『한국문예창작』 4권 2호, 한국문예창작학회, 2009.

김태림, 「고전·문화콘텐츠 연구 현황과 전망」, 경희대학교 대학원 석사학위논문, 2019.

김하연, 「문화콘텐츠를 활용한 『심청전』의 교수·학습 전략」, 전남대학교 교육대학원 석사학위논문, 2014.

문자영, 「상호텍스트성을 활용한 문화콘텐츠 기반 문학교육」, 한양대학교 교육대학원 석사학위논문, 2016.

문화체육관광부(문화산업정책과), 「문화산업진흥기본법」(시행 2020.12. 10)

박기수, 「웹툰 스토리텔링, 변별적 논의를 위한 몇 가지 전제」, 『애니메이션 연구』 11(3), 2015.

박범준, 「소통의 문화콘텐츠학 학문적 체계 연구」, 한국외국어대학교 대학원 박사학위논문, 2014.

배보람, 「전통문화를 소재로 한 웹툰 콘텐츠 연구」, 성신여자대학교 대학원 석사학위논문, 2019.

백선기, 『대중문화 - 그 기호학적 해석의 즐거움』, 커뮤니케이션북스, 2003.

서명아, 「구술성의 특징과 뉴미디어의 구술문화 : 월터 옹의 구술성 개념을 중심으로」, 연세대학교 대학원 석사학위논문, 2017.

서보영, 「웹툰 〈그녀의 심청〉의 고전소설 〈심청전〉 변용 양상과 고전콘텐츠의 방향」,『어문론총』88, 한국문학언어학회, 2021.

서유경, 「20세기 초 〈심청전〉의 대중성」,『판소리연구』42, 판소리학회, 2016.

서유경,『판소리 문학의 문화 적응과 확산』, 박문사, 2016.

서유경, 「문화원형으로서의 고전소설 탐색 - 〈시실리 2Km〉를 중심으로」, 『문학교육학』64, 문학교육학회, 2019.

소흠, 「중국 학습자를 위한 한류 콘텐츠를 활용한 한국문화교육 사례 : 드라마 〈응답하라, 1988〉을 중심으로」, 상명대학교 교육대학원 석사학위논문, 2016.

손현민, 「디지털 스토리텔링 확대를 통한 문화콘텐츠산업 활성화 방안에 관한 연구」, 중앙대학교 대학원 석사학위논문, 2009.

손혜은, 「고전소설 이본과 문화콘텐츠를 활용한 창작 교육 연구」, 경희대학교 교육대학원 석사학위논문, 2013.

송희영, 「지역의 기억문화유산을 활용한 공연콘텐츠 사례 연구」, 한국외국어대학교 대학원 박사학위논문, 2014.

신현욱, 「글로벌 문화콘텐츠 창작소재로서 영웅서사시의 가치에 관한 연구 : 이규보의 「동명왕편」을 중심으로」, 한양대학교 대학원 박사학위논문, 2012.

신호성, 「문화콘텐츠로서의 〈아랑전설〉」, 고려대학교 대학원 석사학위논문, 2007.

심예린, 「한일 문화콘텐츠 속 요괴 캐릭터의 현대적 활용 연구」, 건국대학교 대학원 석사학위논문, 2018.

안광선, 「강릉단오제 문화원형과 문화콘텐츠 연구」, 관동대학교 대학원 박사학위논문, 2010.

양기송, 「백제 무왕설화의 지역문화 콘텐츠화 연구」, 원광대학교 대학원 박사학위논문, 2020.

양지욱, 「문화콘텐츠의 개발과 적용 연구 : 「삼국유사」소재 스토리를 중심으로」, 선문대학교 대학원 박사학위논문, 2014.

오사민, 「문화 콘텐츠를 활용한 한국 아동 중국어 교육」, 연세대학교 대학원 박사학위논문, 2019.

오현숙, 「『심청』 문화콘텐츠로의 재생산을 위한 사례 연구」, 중앙대학교 대학원 석사학위논문, 2005.

우정희, 「문화원형사업의 실태와 영역구분에 대한 연구」, 『한국정책학회 추계발표 논문집』, 2006.

유서연, 「문화콘텐츠로서 스토리 기반의 슈퍼히어로 캐릭터 연구」, 숙명여자대학교 대학원 석사학위논문, 2016.

유영초, 「전통문화콘텐츠를 활용한 게임 캐릭터 연구 : MMORPG 게임을 중심으로」, 강원대학교 대학원 박사학위논문, 2019.

윤종선, 「문화콘텐츠로서 고전문학의 연구 현황과 전망」, 『어문학』 103, 어문학회, 2009.

윤희진, 「향토문화콘텐츠 제작을 위한 스토리텔링 방법 연구 : 인천시 검단지역 현장연구를 중심으로」, 인하대학교 대학원 석사학위논문, 2011.

위하미, 「문화콘텐츠 스토리텔링 수업방법연구 : 드라마 〈아랑사또전〉을 중심으로」, 동국대학교 대학원 석사학위논문, 2014.

이나영, 「문화콘텐츠를 활용한 고전소설 교육 방안 연구 : 〈흥부전〉과 웹툰 〈제비전〉을 중심으로」, 국민대학교 교육대학원 석사학위논문, 2019.

이명현, 「문화콘텐츠시대 고전소설 연구 경향과 방향」, 『어문론집』 57, 중앙어문학회, 2014.

이서라, 「문화콘텐츠의 생산과 수용에 관한 대화성 연구 : 드라마 〈응답하라〉 시리즈를 중심으로」, 건국대학교 대학원 박사학위논문, 2017.

이수재, 「한국 전통 서사의 스토리텔링 전환 연구」, 동국대학교 대학원 박사학위논문, 2018.

이용은, 「메타서사와 관객의 각성 – 쉬쉬팝의 〈유서〉」, 『셰익스피어 리뷰』 52권 2호. 한국셰익스피어학회, 2016.

이윤선, 『민속문화 기반의 문화콘텐츠 기획론』, 민속원, 2006.

이윤정, 「문화콘텐츠의 서사성이 그와 연관된 콘텐츠의 선호도에 미치는 영향」, 홍익대학교 대학원 석사학위논문, 2014.

이은지, 「문화원형 캐릭터를 활용한 TV 드라마의 스토리텔링 전략 연구 – 〈내 여자친구는 구미호〉와 〈도깨비〉를 중심으로」, 한국외국어 대학교 석사학위논문, 2019.

이정원, 「전통예술 문화콘텐츠 개발에 관한 연구 : 판소리 4마당의 콘텐츠 요소 개발을 중심으로」, 한국예술종합학교 전통예술원 석사학위 논문, 2011.

이종호, 「고전소설 〈면우치전〉과 영화 〈전우치〉의 서사구조 비교 연구」,

『온지논총』 26, 온지학회, 2010.

이종훈, 「창의적 융섭으로서의 문화콘텐츠」, 동국대학교 대학원 박사학위
　　　논문, 2015.

이혜리, 「텔레비전 드라마 「힘쎈 여자 도봉순」의 낭만적 사랑과 '무해한
　　　남성성'의 출현」, 『인문사회 21』 11권 4호, 아시아문화학술원,
　　　2020.

이훈익, 「문화콘텐츠 창작소재로서의 문화원형 연구 - 2003경주세계문화
　　　엑스포 주제영상 〈천마의 꿈〉을 중심으로」, 『문화예술콘텐츠』 1,
　　　한국문화콘텐츠학회, 2008.

임소연, 「문화원형을 창작소재로 한 개발사례 연구 : 드라마 〈조선과학
　　　수사대 '별순검'〉을 중심으로」, 중앙대학교 예술대학원 석사학위
　　　논문, 2010.

임준철, 「글로벌 / 글로컬시대의 문화융합과 미디어콘텐츠 역할에 관한
　　　연구」, 한국외국어대학교 대학원 박사학위논문, 2012.

임형택, 「고전소설 영화화와 다시 쓰기 - 상호미디어성과 「흥부 : 글로 세상
　　　을 바꾼 자」를 중심으로」, 『어문논집』 91, 민족어문학회, 2021.

임형택, 「'이날치' 수궁가와 문화콘텐츠 이상의 문학적 가치 : 범은 어떻게
　　　이름을 남기는가?」, 『인문콘텐츠』 60, 인문콘텐츠학회, 2021.

장영, 「한국어교육에서 문화항목 분류에 따른 대중문화 콘텐츠 활용 연구」,
　　　배재대학교 교육대학원 석사학위논문, 2014.

장원기, 「문화유산 풍수해설콘텐츠 활용방안에 관한 연구」, 안양대학교
　　　대학원 박사학위 논문, 2019.

전미경, 「전통문화자원을 활용한 문화콘텐츠 개발에 관한 연구 : 안동지역 예술,교육, 생활문화 콘텐츠를 중심으로」, 영남대학교 대학원 박사학위논문, 2012.

전정연, 「문화원형의 문화콘텐츠 개발 사례연구 : 바람의 나라 사례 중심으로」, 이화여자대학교 정책과학대학원 석사학위 논문, 2009.

정동환, 「시각문화(視覺文化)콘텐츠의 소통(疏通) 연구」, 동국대학교 대학원 박사학위논문, 2010.

정병헌, 「여성영웅소설의 서사 구조와 변이 양상 연구」, 『한국언어문학』 36, 한국언어문학회, 1996.

정선희, 「문화콘텐츠 원천소재로서의 고전서사문학 :《삼국유사》와 한문소설 활용을 중심으로」, 『우리말글』 60집, 우리말글학회, 2014.

정창권, 『문화콘텐츠학 강의(깊이 이해하기)』, 커뮤니케이션북스, 2007.

정책기획위원회, 『한국 전통문화원형콘텐츠 개발 방안연구』, 2007.

조동일, 「영웅의 일생, 그 문학사적 전개」, 『동아문화』 제10집, 서울대 동아문화연구소, 1971.

조한익, 「문화콘텐츠 연구동향 분석」, 중앙대학교 대학원 석사학위논문, 2011.

조혜란, 「고소설과 문화콘텐츠」, 『어문연구』 50, 2006.

진수현, 「문화콘텐츠에 수용된 귀신 양상 연구」, 중앙대학교 대학원 박사학위논문, 2019.

진운성, 「충북지역 문화원형을 활용한 문화콘텐츠 개발방안 연구」, 청주대학교 대학원 석사학위논문, 2019.

최수진, 임대근, 「문화원형의 현대적 스토리텔링 전략연구」, 『글로벌문화콘
　　　텐츠학회 학술대회』 6, 글로벌문화콘텐츠학회, 2018.

최연구, 『문화콘텐츠란 무엇인가』, 살림출판사, 2006.

하은영, 「지역문화원형을 활용한 문화콘텐츠 국내사례 연구 : 인천의 웹툰
　　　'인당수를 아십니까'를 중심으로」, 인천대학교 대학원 석사학위논
　　　문, 2020.

한재원, 「판소리 신드롬 이날치밴드 '조선 힙합'」, 『월간 샘터』 611, 샘터사,
　　　2021.

허지명, 「중학교 다문화 교육을 위한 다문화콘텐츠 개발연구」, 동국대학교
　　　교육대학원 석사학위논문, 2017.

한국문학평론가협회, 『문학비평용어사전』, 국학자료원, 2006.

한국문화콘텐츠진흥원, 『우리 문화원형의 디지털 콘텐츠화 사업 종합계
　　　획』, 2005.

한동현, 「문화콘텐츠 개발을 위한 구술 자료의 자원화 방안 연구」, 한국외국
　　　어대학교 대학원 박사학위논문, 2010.

한승호, 「한국 설화에 나타난 여귀형상의 문화콘텐츠 활용 연구」, 영남대학
　　　교 대학원 박사학위논문, 2013.

한정민, 「문화공간으로서 남산골 한옥마을의 콘텐츠 활용방안 연구 : 스토
　　　리텔링을 중심으로」, 한국외국어대학교 대학원 석사학위논문,
　　　2011.

한형주, 「한국문화콘텐츠 개발을 위한 호랑이의 상징성 연구」, 경희대학교
　　　대학원 석사학위논문, 2012.

허윤, 「'페미니즘 리부트' 시대의 여성 간 로맨스 - 비완seri, 〈그녀의 심청〉 (저스툰, 2017~2019」, 『대중서사연구』 26권 4호, 대중서사학회, 2020.

월터 J. 옹, 『구술문화와 문자문화』, 문예출판사, 1995.

두산백과 검색어 '원 소스 멀티유스(one source multi-use)'
https://terms.naver.com/entry.nhn?docId=1212678&cid=40942&categoryId=31915
문학비평용어사전
https://terms.naver.com/entry.nhn?docId=1529802&cid=60657&categoryId=60657
표준국어대사전 검색어 '메타서사'
https://ko.dict.naver.com/#/entry/koko/208692443b7e4d80b38648ef50039647
두산백과 검색어 '대중'
https://terms.naver.com/entry.nhn?docId=1081426&cid=40942&categoryId=31630
표준국어대사전 검색어 '원형'
https://stdict.korean.go.kr/search/searchView.do
표준국어대사전 검색어 '콘텐츠'
https://stdict.korean.go.kr/search/searchView.do

한국민족문화대백과 검색어 '국가정보화기본법'

https://terms.naver.com/entry.naver?docId=2457096&cid=46637&cate

goryId=46637

문화콘텐츠닷컴 www.culturecontent.com

홍보가 기가막혀 https://vibe.naver.com/track/1970960

힘쎈 여자 도봉순 https://tv.jtbc.joins.com/plan/pr10010452

고전소설과 문화콘텐츠

초판 인쇄 2021년 10월 6일
초판 발행 2021년 10월 15일

지은이 서유경
펴낸이 박찬익

펴낸곳 ㈜ **박이정**
주   소 경기도 하남시 조정대로45 미사센텀비즈 7층 F749호
전   화 02-922-1192~3 / 031-792-1193, 1195
팩   스 02-928-4683
홈페이지 www.pjbook.com
이 메 일 pijbook@naver.com

등   록 2014년 8월 22일 제2020-000029호

ISBN 979-11-5848-655-6   93810